KB023682

사서쌤!
저는
100권이나
읽었어요

# 사서쌤! 저는 100권이나 읽었어요

**초판 1쇄 발행**   2024년 03월 07일

**지은이**   김규미

**펴낸이**   김왕기
**편집부**   원선화, 김한솔
**디자인**   푸른영토 디자인실

**펴낸곳**   **(주)푸른영토**
주소        경기도 고양시 일산동구 장항동 865 코오롱레이크폴리스1차 A동 908호
전화        (대표)031-925-2327 팩스 | 0504-424-0016
등록번호    제2005-24호.(2005년 4월 15일)
홈페이지    www.blueterritory.com
전자우편    book@blueterritory.com

ISBN 979-11-92167-21-3   03810

ⓒ김규미, 2024

* 이 책은 저작권법에 따라 보호받는 저작물이므로 무단 전재와 복제를 금지합니다.
* 파본이나 잘못된 책은 구입하신 곳에서 바꾸어 드립니다.

# 사서쌤! 저는 100권이나 읽었어요

학교 도서관에서
일어나는
아이들과의
사서로운 이야기

● 사서 **김규미** 글

푸른영토

# 추천사

"사람과 말을 해 봐야 말이 늘고, 말이 늘어야 글도 늘고, 글을 써봐야 더 고차원적 사고를 하게 된다. 더 나은 글을 쓰려면 독서가 필요하고, 독서를 하다 보면 하고 싶은 말이 많아지게 되고, 말을 많이 하다 보면 이 모든 배움이 선순환 한다." 그래서 글빛누리도서관은 시끄럽다. 아이들이 시끄러운 도서관에서 놀면 좋겠다.

— **최재천**(이화여대 에코과학부 석좌교수/ 생명다양성재단 이사장)

김규미 저자와는 사서와 강연자로 만났다. 진주 갈전초등학교 사서 선생님이었던 저자가 학부모들에게 강연을 해달라고 연락해서 만나게 됐다. 첫 만남에서 당차다는 느낌을 받았다. 하는 일에 대한 긍지도 느껴졌다. 무엇보다 이 분은 사서 일을 소명으로 여기고 있다는 인상을 받았다.

내 예상은 틀리지 않았다. 책의 갈피마다 학교 도서관은 어떤 역할을 해야 하고, 사서는 독서문화 진작을 위해 무슨 일을 할 수 있는지 열변을 토하고 있다. 책에 담긴 내용 모두가 자신의 경험에서 비롯된 것이어서 생생하고 재미있다. 게다가 첫 책이라고는 믿어지지 않을 만큼 글 솜씨도 빼어나다. 아마 이 책을 읽고 나면 사서와 사서가 하는 일에 대한 그동안의 생각이 여지없이 깨지거나 바뀌게 될 것이라고 확신한다.

자녀의 독서 지도가 고민인 학부모, 장차 사서가 되고자 하는 학생들이 읽기에 더없이 좋은 책이다.

— **강원국**(대통령의 글쓰기 저자)


'독서교육과 미래 리더십, 어떻게 길러줘야 할까?' 이런 질문을 품고 있는 어른에게 이 책을 추천한다. 학교 도서관의 뽀얀 속살 같은 글 속에 다정한 해답이 담겨있기 때문이다.

글빛누리도서관은 전에 없던 사서 선생님이 나타나면서부터 담임교사, 학부모, 학생 공동체 모두를 위한 공간으로 변신했다. 그 흥미로운 과정을 책으로 공유할 수 있게 되어 무척 기쁘다.

학교 도서관에서 사서 선생님이 분주한 만큼 아이들이 독서가로 단단하게 성장하는 것을 지켜 봐왔다. 사서, 사서교사, 도서관 코디, 봉사자, 학부모, 이용자 등 다양한 호칭으로 불리는 모든 도서관 주변인에게 이 책의 살아있는 이야기를 꼭 권하고 싶다.

— **제자리**(행복나눔학교 부장)

# 시끄러운 도서관

"선생님~ 진짜 도서관에 와서 책만 읽어도 선물 받을 수 있어요?"

"응~ 방학 동안 15번 오면 돼요. 읽은 책 제목은 적어야 해요. 기왕이면 친구랑 같이 오세요. 그래야 방학이라도 오며 가며 친구 만나서 이야기할 수 있잖아~."

여름방학을 맞이해서 '도서관 15일 방문하기' 행사를 진행했다. 책 읽기에 시큰둥한 아이들도 '친구랑'이라는 말에 눈을 반짝였다. 방학 동안 학교 도서관에 와서 하루에 한 시간씩 독서를 한 사람에게 확인 도장을 하나씩 찍어주는 행사였다. 더불어 독서 빙고 판에 적혀있는 다양한 주제 분야의 책을 골고루 읽고 3줄 빙고를 완성하면 미션 성공이다. 성공한 아이들에게 개학하는 날 과자선물세트를 약속했다. 방학 전부터 다단계 영업처럼 친구의 친구가 친구를 데리고 와서 참여 예약을 했다.

꾸준한 독서습관과 다양한 독서 경험을 끌어내기 위한 이벤트이지만 사실 초등학생 중에 한 시간 내내 몰입해서 책을 읽을 수 있는 아이는 드물다. 그래도 한 시간으로 행사를 진행했다. 방학에도 바쁘기만 한 아이들이 도서관에서라도 친구들과 함께 유유자적할 수 있는 공식적인 잉여시간을 만들어 주고 싶었기 때문이다. 아이들은 방학 때 친구를 최소 15번 만날 기회를 스스로 덥석 물었다.

방학이 시작되고 아이들이 도서관을 방문하면 처음에는 책을 좀 읽지만 대부분 30분 전후로 고개를 들고 엉덩이를 들썩이기 시작한다.

"니는 또 축구 책만 읽나? 이 만화책 읽어 봐봐! 진짜 재밌다! 방학 숙제 많이 했나? 오늘 왜 이래 늦었는데? 니는 마치고 뭐 할 건데…?"

근황 토크와 관심사 체크 등으로 주의력이 흩어지기 시작한다. 친구와 주파수가 잘 맞는 날은 더 적극적으로 사교활동을 시도한다. 친구 없이 온 아이들은 다른 아이들의 대화 중에 끼어들 타이밍을 잰다.

"이 책에 그림 진짜 예쁜데 봤나? 여기 이런 책 있는 거 아나? 내가 읽어주께 잘 들어봐라이! 니 그거 아나? 내가 저 책에서 봤는데~ 신기한 거 보여주께 일로 와봐."

　　상대방의 눈을 바라보며 친구가 좋아할 만한 제안을 해 보고, 상대의 반응을 살피며 자신만 알고 있다고 믿는 고오급 정보를 나누면서 생각과 감정을 주고받는다. 독서는 슬슬 사교의 강을 건너 아이들을 슬기로운 소통탐구 영역으로 데려간다. 나는 아이들의 이러한 잡담 역시 독후 활동의 한 부분으로 인정하고 한 시간 독서 확인 도장을 콩 찍어 준다. 아이들은 도장을 받아 들고 친구 손을 맞잡은 채 의기양양하게 도서관 문을 나선다.

　　우리는 만나야 한다. 옛날에는 뒷동산에서 수시로 만나 뛰놀며 체력의 한계를 시험하고 자연을 탐험했다. 골목길에서 수없이 만나 겨루고 다투며 관계를 배웠었지만 이제 다 옛말이다. 아이들은 우레탄 깔린 탄성 좋은 놀이터와 CCTV 달린 학원 이외에 사람을 안전하게 만날 장소가 없다. 아, 시간도 없다. 자연은커녕 개미, 파리도 구경하기 쉽지 않은 청결한 환경 속에 살다 보니 교실에 벌이나 잠자리 한 마리만 날아들어도 학교가 무너질 듯 놀라 자빠지고 난리가 난다.

　　아이들이 성장하려면 나와 가족 이외의 누군가와 무시로 만나 상호작용을 해 봐야 한다. 다른 사람의 말과 목소리는 내 언어에 따라 어떻게 바뀌는지 반응을 관찰하고, 옆 사람은 어떤 식으로 생각하고 말하는지 듣는 경험을 해 봐야 한다. 대화 중에 어떤 손짓이나 표정이 유용한지 써먹어 봐야 한다. 어떤 주제로 대화할 때 즐거운지 알아내야 한다. 같은 시공간을 사는 다른 생명체는 어떤 생각을 하고, 무얼 하며 사는지 궁금해할 시간이 필요하다. 그래야 이해, 공감, 소통, 성찰 따위를 할 힘을 기를 수 있다.

　사람과 말을 해 봐야 말이 늘고, 말이 늘어야 글도 늘고, 글을 써봐야 더 고차원적 사고를 하게 된다. 더 나은 글을 쓰려면 독서가 필요하고, 독서를 하다 보면 하고 싶은 말이 많아지게 되고, 말을 많이 하다 보면 이 모든 배움이 선순환 한다. 혼자 하는 게임이나 손가락으로 주고받는 메신저로는 익힐 수 없는 배움이 사람과 사람, 사람과 책 사이에서 일어나는 것이다. 사람은 '나'만 잘 알아서 행복하기가 어렵다. 챗 GPT가 모든 질문에 답을 해 주고 의식주를 위한 예약과 주문이 모두 비대면으로 가능한 온라인 세상이 되면서 '남'과 소통해 볼 기회는 점점 더 귀해지고 있다.

　학교 도서관은 아이들이 '책'이라는 도구를 이용해서 '나'와 '남'을 안전하게 모험해 볼 수 있는 공간이다. 이 모험에 재미를 발견한 아이들은 자발적으로 도서관을 즐긴다. 스스로 책을 읽으며 좋았던 경험을 남과 나누는 속에서 아이들은 건강하게 자란다. 아이들이 주도적으로 탐색할 수 있는 도서관이 될 수 있도록 사서는 끊임없이 계기를 제공하는 일을 한다. 그래서 여기 글빛누리도서관은 좀 시끄럽다.

차 례

# 1

## 도서관의
## 아이들

# 햇살 대신 온돌 마루

내가 아는 대부분 학교에서 교장실, 교무실, 행정실은 남향의 해가 잘 들고 접근성 좋은 교실을 차지하고 있다. 반면에 도서관은 보통 북향 끄트머리 구석진 곳 어디쯤에 있다. 꼭대기 층이나 별관 끄트머리에 뚝 떨어져 있는 경우도 다반사다. 덕분에 졸업하는 날까지 도서관이 어디에 있는지도 모른채 학교를 떠나는 학생도 있다. 교과서적으로 말하자면 학교 도서관이라는 것은 오다가다 무시로 들르고, 누구나 찾아오기 쉽도록 건물 1층 중앙에 위치하는 것이 이상적이다. 그런데 안타깝게도 대한민국에서 학교 도서관이 학교 1층 중앙에 위치하는 행운을 차지하는 경우는 극히 드물다.

내가 일하는 글빛누리도서관 역시 2층 북향의 끄트머리

공간에 있다. 매년 어느 교실보다 가장 먼저 겨울이 찾아오고 겨울이 가장 오래 머무는 곳에 살다 보면 어느 순간 온몸의 세포들이 비타민D 부족을 호소하는 게 느껴진다. 방과 후 도서관에 오래 머무는 꼬마 VIP들에게도 해 한 줌 없이 LED등만 훤히 밝혀 놓은 서늘한 공간이 때론 미안했다.

볕이 가득한 날이면 나는 남쪽으로 창이 난 본관 2층 복도에 서서 운동장을 바라보며 잠깐씩 해바라기 한다. 가을바람에 운동장 바닥을 구르는 낙엽들이 점처럼 작게 알록달록한 아이들과 섞여 반짝이는 햇살에 버무려지면 불꽃놀이 못지않게 요란스레 눈부시다. 그렇게 잠시 광합성을 하고 나면 도서관의 냉기가 씻겨나가는 듯 슬리퍼 끝에서 얼어붙었던 발가락이 노곤해진다. 하지만 그것도 잠시. 도서관 문을 여는 순간 지하 계단을 내려온 듯 삭막한 풍경이 펼쳐진다. 높다란 철제 5단 서가와 기업체 대회의실에나 있을 법한 대형 책상이 엄숙한 모양새로 온기를 싹 걷어간다.

2021년 여름. 코로나로 학교가 조용할 때 교장 선생님과 나는 도서관의 꼬락서니가 이래서는 도저히 안 된다는 대화를 나누다가 급작스레 도서관 리모델링을 추진하게 되었다. 아이들이 오지 않는 지금이 최적기라는 게 급발진의 이유였다. 다행히 필요한 예산은 교장 선생님이 어떻게든 마련해 오셨다. 나는 인테리어라고는 눈곱만큼도 몰랐지만 짬짬이 책과 인터넷을 뒤지고 다른 학교 도서관을 견학하며 아이디어를 모았다.

도안을 완성하고 공사를 계획하는 데만 6개월이 넘는 시간이 걸렸다. 모던하게? 알록달록하게? 깔끔하게? 아기자기하게? 교장, 교감, 교무주임 선생님의 스타일이 모두 달랐다. 최종 선택은 사서의 몫이라고 입을 모으셨지만 진실이 아니었다. 차라리 학생들의 의견을 수집하면 좋았겠지만 학생들이 학교에 오지 않을 때였다. 공사를 하는 중간중간에도 관리자들의 새로운 아이디어가 끝없이 들이닥쳤고 계획은 수시로 변경되었다. 완공 일자는 늘어난 미간의 주름과 함께 해를 넘겨 개학 이후로 미뤄졌다.

끝없는 도안 수정에 따른 스트레스로 힘들어하던 업체 디자이너는 병환을 이유로 사표를 썼다. 학교와 업체의 중간에서 나는 사서인가 박쥐인가 정체성이 혼란스러울 때쯤, 인테리어 업체 사장님의 인내심도 한계에 다다를 때쯤 공사는 끝이 났다. 심지어 나는 도서관 리오픈을 코앞에 두고 교통사고가 크게 나는 바람에 새 도서관의 시작은 구경도 못했다. 여하튼 생애 첫 도서관 리모델링 업무는 애증과 미숙함을 가득 담고 마무리되었다.

아쉽지만 공간상의 문제로 5단 철제 서가를 교체하지 못했다. 대신 학생 공모를 통해 철제 서가들에게 따뜻한 이름표를 붙여 주었다. 눈길, 꽃길, 새길, 별길, 달길, 물길, 온길, 해길.

"해리포터는 별길 세 번째 칸으로 가면 있어요."

"옛이야기는 꽃길 제일 안쪽에 보세요."

서가의 이름을 부를 때마다 철제 서가가 사랑스러워졌다. 그리고 나머지 공간에 파스텔 톤의 새 서가를 들이고, 웜톤 곰돌이 페인팅으로 창가를 밝혔다. 화관과 인형으로 군데군데 재미를 끼워 넣었다. 복도에는 알록달록한 소파와 별, 달, 비행기 조명으로 호기심을 깔았다. 무엇보다 도서관의 긴긴 겨울을 위로하기 위한 야심작은 성능 좋은 온돌 마루였다. 도서관이 너무 좁아서 온돌 마루까지는 무리라는 수많은 의견을 물리치고 교장 선생님과 나는 창가 옆에 파스텔 색조의 계단식 그림책 서가 아래 널찍한 온돌 마루를 설치하는 데 성공했다.

불볕더위와 태풍이 창밖을 휩쓸고 간 게 엊그제 같은데 어느새 도서관 문을 들어서는 아이들이 두 손으로 양팔을 문질러 대며 '춥다, 추워'를 연발한다. 새로 설치된 온돌 마루를 켤 때가 된 것이다. 겨울 손님들을 불러 앉히기 위해 마루 위에 보들보들한 카펫을 깔고 온돌 마루의 전원을 켰다. 쉬는 시간에 바닥의 따스함을 발견한 아이들이 "어? 어! 와~!" 감탄사를 내뱉을 때마다 부족했던 햇살이 한 줌씩 채워지는 것 같았다. 카펫 아래로 발바닥을 쓱 밀어 넣으면 뜨끈뜨끈한 온기에 들썩이던 아이들의 엉덩이가 눌어붙었다.

방과 후 수업이 끝나면 도서관 구석에서 책을 읽다가 나와 함께 퇴근하는 아이들이 몇 명 있다. 나의 꼬마 퇴근 동료들은 요즘 서가 위에 올려놓은 꽃 화관을 머리에 얹고 놀다가는, '해길' 서가로 가서 인기 도서를 골라 온다. 책 모양 쿠션을 베개 삼아 온돌 마루 카펫 아래에 다리를 밀어 넣고 줄줄이 드러누워 책을 들척인다. 그마저 시들해지면 머리맡 계단 서가에 꽂힌 그림책을 뽑아 슬슬 훑다가 자기들끼리 속살거린다.

"여기 정말 좋지? 책이랑 몸이 한 덩어리가 된 것 같아~."
"오늘은 진짜 여기서 못 벗어날 것 같다~."
"아까 정말 피곤했는데 이제 기분이 좋아졌어."
"어? 이 책 엄청 재미있다! 너도 읽어봐~."

복도 창가에서 해바라기할 때보다 더 따스한 군불이 가슴 가득 훈훈하다. 학교에 아이들이 맘 편히 발 뻗고 사색할 수 있는 아랫목이 생겨서 정말 다행이다. 아이들이 이 공간을 누릴 때마다 리모델링 기간 쌓였던 스트레스가 살살 녹았다.

# 청개구리들의 신입 도서 환영회

"대봐악~!『스즈메의 문단속신카이 마코토』원작~! 사서 선생님 이거 언제 대출할 수 있어요~?"

"정리하려면 멀었어요."

"우와~!『오백 년째 열다섯김혜정』2권! 이거 지금 빌리면 안 돼요!?"

"아직 멀었다고~."

"허얼~!『신기한 맛 도깨비 식당김용세 외』4권! 저 살짝만 보고 도로 갖다 놓으면 안 돼요~?"

"딱 놔아라이~!"

"아앙~.『진짜 코 파는 이야기이갑규』이거 진짜 지금 너무 읽고 싶어요오~!"

"진짜 저리 가라이!"

"아 제발요~ 사서쌤~ 보고 싶은 새 책이 너무 많아서 급식이 안 넘어갔어요."

"이 청개구리들아 쫌!!!"


책 좀 빌려 가라고 그렇게 홍보하고 전시를 해도 본체만체하던 녀석들이 아직 도서관 도장도 안 찍힌 새 책 앞에서는 제발 빨리 빌려달라고 쉬는 시간마다 들락거리며 졸라댄다. 온 정신을 집중해서 검수해도 모자랄 판에 책 무더기를 자꾸 뒤적거리는 녀석들 덕분에 정신이 하나도 없다.

그래도 서가에 먼지 쌓인 책들은 아마 이 야단법석을 보며 '나도 저렇게 환영받는 신입 도서 시절이 있었지…'라고 회상하며 무척 부러워하고 있을지도 모르겠다. 그러고 보니 코로나 시국에 들어온 새 책들은 신입 도서라고 환영해 줄 아이들도 없었다. 소리 소문 없이 수많은 책 사이로 흔적을 감춘 작년 신간들이 생각났다. 갑자기 도서관에 울려 퍼지는 청개구리들의 대출 타령이 감사하다. 대출 타령의 열기가 식어버리기 전에 한시바삐 신간 업무를 마무리해야겠다. 책 상자를 뜯고 노끈을 자르는 손이 분주해진다. 또 야근 각이다!

# 천하제일 도서부

그동안 코로나 때문에 학생들의 발길이 뚝 끊긴 도서관에 드디어 아이들이 돌아왔다. 설레는 마음으로 아이들의 흥미를 끌기 위해 실뜨기 책과 큐브 책 그리고 실뜨기 실과 큐브를 몇 개 사서 새로 비치했다. 그런데 조심성 없는 저학년들이 딱딱한 바닥에 큐브를 떨어트리기 일쑤였고 알을 억지로 잡아빼고 돌리니 고장이 잘 났다.

큐브의 원리를 전혀 모르는 나는 정말 골치가 아팠다. 게다가 실뜨기 실은 매일 엉켜있었다. 저걸 싹 없애버려야겠다며 애증의 콧김을 뿜어대는 내 모습을 보고 6학년 지영이가 내게 작은 드라이브를 달라고 했다. 자기가 어쩌면 고칠 수 있을지도 모른다며. 설마…. 사실 믿지 않았지만 지영이가 무안 할까 봐 드라이브를 건넸다. 한참을 낑낑대더니 점심시간이 끝나도록 못 고쳤다. 미안하다며 방과 후에 다시 오겠다고 한다. 아니 뭐 그렇게까지 안 해도 되는데…. 편한 대로 하라고 했다. 그런데 이 녀석 진짜 수업이 끝나자마자 쌩하니 오더니 30분을 더 만지작거렸다. 그리고 고쳐냈다!

"와! 너 천재 공학도였구나!"

나는 진심으로 감동해서 외쳤다. 천재 공학도는 그날부터 쉬는 시간마다 자발적으로 와서 실뜨기와 큐브 바구니를 관리했다. 이제 큐브 수리에는 달인이 되었다. 책 읽는 모습은 한 번도 본 적이 없지만 지영이의 도서관 자부심은 대단하다. 틈틈이 큐브 실력을 뽐내며 저학년들에게 선망의 대상이 되었다. 물론 실뜨기 실이 꼬이면 꼼꼼히 풀어주는 것도 천재 공학도의 몫이 되었다. 나는 천재 공학도를 믿고 올여름에 비싼 자석 큐브를 추가로 들였다. 고오급 큐브가 있다는 소문에 생전 도서관 문턱도 안 밟던 고학년 아이들이 드나들기 시작했다. 우리의 천재 공학도는 졸업을 앞두고 5학년 도서부에게 큐브 수리기술을 전수했고 어느새 학교 도서관 비공식 큐브 팀의 리더가 되었다.

도서관에는 홍보팀도 있다. 도서관에 이벤트가 있을 때마다 배너와 포스터를 만들어 홍보를 하는데 내가 인쇄한 배너보다 아이들이 손으로 만든 포스터가 훨씬 학생들의 눈길을 사로잡는다. 그래서 처음에는 도서부원 중에 그림을 잘 그리는 아이 몇 명에게 부탁을 했었다. 쉬는 시간마다 틈틈이 그리다 보니 작업이 더뎠다. 그때 구경하던 고학년들이 같이 하고 싶다고 했다. 같이 하니 속도도 빠르고 포스터도 다양하게 나왔다. 그리고 같이 그림을 그린 아이들을 통해 자연스레 행사 홍보도 잘 되었다. 그림 그리기를 좋아하는 아이들이 다음 포스터는 언제 그리냐며 도서관 이벤트 일정을 챙기기 시작했고 어느새 홍보팀이 되었다. 홍보팀의 정확한 인원수는 알 수 없다. 학교가 조용할 땐 늘었다가 학교에 다른 재미있는 일이 많으면 줄어든다. 대형 포스터를 그리거나 포스터를 여러 장 그려야 할 때에는 책 빌리러 온 친구들을 몇 명 더 홍보팀으로 포섭해서 작품을 완성한다.

크리스마스를 앞두고 초대형 크리스마스 포스터를 그릴 때에는 구경하던 저학년들이 유난히 부러워했다. 멋진 스케치를 하며 그림 실력을 마음껏 뽐내던 6학년 중 한 아이가 저학년에게 색칠을 허락했다. 퀄리티가 무너지는 것을 보고 속상해하는 동급생들을 다독이며 1, 2학년에게 파스텔과 반짝이 풀 사용법을 가르치는 모습이 미술 선생님 못지않았다.

어쩌다 보니 무려 1~6학년이 모두 참여한 포스터가 완성되었다. 열흘 동안 짬짬이 그린 결과물은 의외로 굉장했다. 완성된 그림을 보며 저학년들은 더없이 뿌듯해했다. 고학년들은 저학년들과 소통하며 색다른 보람을 느꼈는지 부쩍 선배 티를 냈다. 나는 홍보팀에게 사탕을 한 움큼씩 쥐어 주며 너희가 얼마나 멋있는지 말해줬다.

요즘은 '책똥누기' 팀이 생겨나고 있다. 내가 방과 후에 도서관 방문자가 줄어드는 것 같다며 며칠 고민했더니 서은이가 포스트잇을 좀 달라며 가져갔다. 다음날부터 아이들이 비밀 미션을 수행하러 왔다면서 '책똥누기 하면 비타민을 드립니다!'라고 적힌 포스트잇을 한 장씩 들이밀었다. 서은이가 책똥누기 이벤트를 기획해서 홀로 시행한 것이다. 사실 책똥누기는 상시 행사이지만 모르는 학생이 많은데 그걸 비밀 미션이라며 홍보를 한 것이다. 서은이는 요즘 쉬는 시간마다 '최고예요' 도장과 비타민을 들고 다니며 책똥누기 코칭을 하고 있다. 비밀 미션의 내용에 실망한 친구 앞에서도 전혀 주눅 들지 않고 꿋꿋이 그림책 읽기를 권하며 책똥누기 한 장 쓰고 가라고 설득하는 모습이 놀라울 따름이다. 나는 아예 비타민을 통째로 맡겼다. 그리고 아이들이 적어내는 글을 도서관 앞에 촘촘히 전시했다. 조만간 비밀 미션에 동조하는 무리가 생겨날 것 같은 조짐이 느껴진다.

도서관에 이렇게 에너지가 넘치는 아이들만 있는 것은 아니다. 도서관은 그 반대의 학생들이 더 눈에 띄는 곳이다. 4학년 동희는 학기초부터 점심시간마다 일등으로 도서관에 와서 내 옆자리 보조 의자를 차지했다. 이 녀석은 울적한 얼굴로 짜부라져 있다가 말없이 사라지는 학교 대표 불편러였다. 세상만사 싫은 것 투성이라면서 도서관에는 어떻게 꼬박꼬박 오는지 신기할 지경이다.

2학기가 되어도 한 치의 변함없이 시무룩하게 내 눈치만 보다가 다른 아이들이 도서관으로 우르르 몰려들면 도망치듯 사라져 버리는 동희가 늘 안쓰러웠다. 긍정 에너지를 무한 발사하는 것 말고는 딱히 해줄 것이 없기에 나는 모르는 척 매번 똑같이 안부를 묻고 안색을 살폈다. 돌아오는 대답은 늘 비슷했다. 속상해요, 재미가 없어요, 억울해요, 힘들어요, 지루해요, 책 싫어요, 그런 거 관심 없어요, 전 못생겼어요. 컨디션 안 좋은 날에는 가끔 저 먹구름에 나도 휘말릴 지경이다.

그러다 어느 날. 학부모 도서 도우미도 없는 와중에 1학년들로 붐벼서 유난히 정신없던 날이었다. 1학년들은 도통 눈치가 없다. 대출반납 줄이 아무리 길어도 종이접기 책을 찾아 달라는 둥, 추천도서를 골라 달라는 둥 사서 찬스를 거침없이 남발한다. 그날도 동희는 보조 의자에 말없이 앉아 있었다. 그런데 그림자같이 꼼짝 않던 동희가 내가 책 찾으러 간 사이에 내 자리에서 대출반납을 하고 있는 게 아닌가! 동희는 내가 하던 말투도 고대로 똑같이 따라 하고 있었다.

"일주일 연체되었네요? 무슨 일 있었어요? 코로나? 그럼 연체 풀어줄게요~ 다음엔 날짜 꼭 지켜주세요~."

"다음 주 수요일까지 반납이구요, 나머지 한 권은 내일까지 반납이에요~."

"연장은 한 번만 가능합니다."

완벽하다! 어디서 저런 능숙함이 불쑥 튀어나왔을까? 나는 양손을 높이 들어 동희에게 격한 '엄지척'을 날리고 다시 1

학년들의 책을 찾아주러 서가로 뛰어갔다. 그날 동희는 보조 의자에서 소리 없이 사라지지 않았다. 내가 감사의 선물로 건 넨 꼬마 약과를 두 손과 함께 주머니에 찔러 넣고 괜스레 건들 거리며 아이들 사이를 기웃거렸다. 걸음걸이에 자신감이 배어 있었다. 처음으로 다른 아이들에게 관심을 보였다. 동희는 오늘 자기가 한 행동이 제법 마음에 드는 모양이었다. 물론 대출 반납 도우미 노릇이야 호기심에 몇 번 하다 말겠지만 동희가 경험한 작은 즐거움은 동희의 자존감을 1레벨 올려준 것이 분명했다.

나는 아이들이 원하는 것을 할 수 있도록 기회를 줄 뿐 대단히 뭘 계획해서 해라 마라 시킨 적이 별로 없다. 그런데도 쉬는 시간만 되면 도서관에 자동 시스템이 장착된 것처럼 각자가 원하는 다양한 활동을 즐기는 풍경이 자주 펼쳐진다. 스스로 뭔가를 찾아내서 해 내며 스스로 자신감을 드높이는 신기한 모습을 볼 때마다 나는 아이들 앞에서 겸허해진다.

독서 이외의 목적으로 이렇게 도서관을 제 집 드나들 듯이 방문하는 아이들과 동아리 활동을 겸하는 아이들을 모두 합쳐서 나는 '도서부'라고 부른다. 사랑스러운 도서부의 인원은 유행처럼 늘어났다가 줄어들기를 반복하지만 늘 존재하며 주도적 에너지를 뿜어낸다. 학교 도서관은 이런 일이 무시로 일어나는 곳이다. 사서는 아이들이 도서관에서 스스로 배우고 성장할 수 있도록 자극하고 북돋아 주는 사람이다.

# 새 책 더미 설렘 주의

사서가 되고 제일 처음 집행한 도서 구입비는 잡지 정기구독에 약 180만 원, 단행본에 약 600만 원이었다. 한 번에 600만 원어치의 책을 사다니. 혹시나 이 큰돈을 허투루 쓰게 될까 봐 나는 꼬박 두 달 동안 노심초사 눈에 불을 켜고 곳간에 쌀가마니 쟁이듯 목록을 차곡차곡 채웠다. 지금은 시나브로 예산이 늘어서 일 년에 2천만 원이 넘는 도서구입비가 나를 휘청이게 하고 있지만 당시엔 600만 원에도 간이 덜덜 떨렸다.

나는 교육청에서 발행하는 교과연계도서 목록과 신간 추천도서 목록을 참고했다. 그 외에도 공공도서관의 추천도서 목록, '책씨앗'이나 '어린이도서연구회' 등 공신력 있는 기관의 신간 목록 등도 다운받아 눈이 빠지게 들여다본 덕분에 사서가 되고 딱 3년 만에 안구건조증과 노안이라는 훈장을 달았다.

다운받은 목록 중 이미 소장하고 있는 책은 빼고, 유사한 책이 많으면 그것도 빼고, 혹시 특정 수준의 도서에 치중되어 있는 건 아닌지도 살핀다. 출판일이 너무 오래되었거나 학습만화 등 내용이 별로일 것 같은 책도 걸러낸다. 철학, 예술, 종교 분야의 초등학생용 책은 늘 부족하다. 혹시 초등 수준에 맞는 철학, 종교, 예술 분야의 책이 있는지 한 번 더 둘러보고, 문학이나 그림책이 너무 많은 비중을 차지하면 덜어낸다. 아이들에게 인기가 많은 작가의 신간이나 시리즈의 후속작도 빠뜨리면 안 된다.

요즘 아이들 사이에서 유행하는 것은 무엇인지 잘 살펴보고 관련 도서를 넣어줘야 한다. 당시에는 아이들 사이에 야구가 인기였다. 그래서 야구 관련 도서를 많이 샀다. 최근에는 종이접기가 유행이라 종이접기 책을 여러 권 샀다. '추석', '다양한 가족' 등 학년 프로젝트의 주제나 특색 수업과 관련해서 부족한 책이 있었다면 메모해 뒀다가 꼭 보충해야 한다. 첫해에는 국어사전이 달랑 세 권이어서 힘들었고, 다음 해에는 세계 여러 나라의 문화 수업에 관련된 도서가 부족했다. 작년에는 식물도감이 턱없이 부족했고 계절과 관련된 그림책도 부족했었다. 이런 부분을 꼼꼼히 메모해 두었다가 수서에 반영해야 내년도 수업 지원에 차질이 없다.

학생이나 교직원, 학부모를 대상으로 접수받은 희망도서

목록도 빠짐없이 넣어야 섭섭지 않다. 신간 못지않게 베스트셀러 역시 중요하다. 이래저래 채워 넣다 보면 어떤 책을 넣었는지 말았는지 까먹기 시작한다. 결국 목록 안에서 중복되는 책이 있기 마련이라 잘 살펴보고 한 번 더 걸러야 한다. 여기까지 다 해냈다면 다시 처음으로 돌아가 가격 정보가 모두 확실한지 한 권 한 권 한 번 더 확인한다. 이 모든 일을 다른 도서관 업무를 하는 중간중간에 짬짬이 해내야 한다.

이렇게 수서를 마쳤다고 곧장 책이 들어오는 것은 아니다. 교내 홈페이지에 일주일간 구매예정 목록을 게시해서 학부모나 교직원에게 이의 제기 기회를 제공하고, 운영위원회의 심의를 거쳐야 품의를 할 수 있다. 품의 결재를 받고 나면 행정실에서 공개입찰을 통해 납품 업체를 선정한다.

모니터로만 구경하던 책들이 지난한 시간을 거쳐 드디어 실물로 도서관에 처음 납품되던 날 오후의 설렘을 나는 잊을 수 없다. 모니터에 사진과 숫자로만 존재하던 책들이 눈앞에 실제로 차곡차곡 쌓이는 걸 보니 구경만 하던 요리를 드디어 맛보는 것처럼 행복했다. 이 책들은 도서관에 드디어 존재하지만 아직 대출이 되는 것은 아니다. 등록번호 스티커를 붙이고, 도서관 도장을 찍은 뒤 전산등록을 한 다음 청구기호 라벨을 붙이는 바코드 작업을 거쳐야 비로소 대출 가능 상태가 된다.

구매 도서가 점점 많아지면서 이 바코드 작업은 도저히 사서 혼자 근무 시간 내에 해 낼 수 없는 일이 되어버렸다. 결국 작년부터 외부 업체에게 바코드 작업을 의뢰하게 되었다. 책이 납품되기 전에 청구기호와 바코드 등록 등의 전산작업을 위해 한 번 더 전문 업체와 계약을 하는 것이다. 일정 금액을 지불하고 대행업체에 맡기는데 이 또한 쉬운 일은 아니다. 도서관마다 별치기호나 특징이 다른데 이런 걸 모두 무시하고 데이터를 일괄 반입해 버리면 엉터리 전산등록이 발생하기도 한다. 혹시 제목이나 저자가 잘못 입력되면 아무리 검색해도 책을 찾을 수 없게 된다.

이런 수많은 고비를 넘어 도서관에 진열되는 책들은 한 권 한 권이 다 내 새끼처럼 예쁘고 귀하다. 신간이 준비되면 나는 학교 전체에 신간도서들의 위용을 뽐내는 사진과 함께 기쁜 소식을 쪽지로 알린다. 대출은 늘 공정하게 선착순이다. 누군가가 '이 책 엄청 읽고 싶었던 책인데 감사해요!'라며 새 책을 데리고 나갈 때면 어느새 업무의 고단함이 가신다.

이용자에게 필요한 책, 이용자가 원하는 책을 손에 쥐어 주는 일은 사서에게 정말 중요한 업무이다. 실은 이 설렘에 살짝 중독되어서 매월 희망도서를 구매해서 제공하다가 업무 지옥에 시달렸던 해가 있었다. 반대로 자주 사는 게 힘들어 몰아서 사다 보니 한 번에 천만 원이 넘는 목록을 준비하느라 혼쭐이 났던 해도 있었다. 자주 사면 자주 사는 대로 정신없고, 가끔 사면 엄청난 금액에 또 힘들다. 그러고 보면 어떻게 해도 피로감은 피해 갈 방법이 없는 업무이다. 그럼에도 불구하고 새 책이 들어오면 부자라도 된 것처럼 희한하게 설렌다.

사실 돈 받는 만큼만 일하는 사서는 잘 없다. 업무량 자체가 근무 시간을 넘어갈 수밖에 없기 때문이다. 나 역시 내 욕심만큼 일을 해야 마음이 편하다보니 야근 상습범이 되었다. 물론 좋아하는 일이라서 가능한지도 모르겠다. 덕분에 몸이 자주 고달프지만 그래도 마음이 편한 쪽을 선택하는 편이다. 목록을 꼼꼼히 준비하고 신간을 자주 들인다고 누가 상을 주는 것도 아니고, 전집이나 똑같은 책을 잔뜩 사서 간단하게 예산을 집행한다고 누가 와서 혼을 내는 일도 없다.

사서의 일이 대부분 이렇다. 열심히 해도 크게 표가 없고, 대충 해도 얼핏 보면 티가 잘 안 난다. 그래도 도서관 서가에 꽂힐 책을 엄선하는 일은 농부가 논에 모를 심는 일이고, 요리사가 재료를 고르는 일과 같이 중요하다. 그러니 표 없고 티 안 나는 업무이지만 선배들에게 배운 대로 묵묵히 한다. 그래서 사서들은 사서 고생을 하는 모양이다 되뇌이면서도 또 야근을 한다.

# 이대로 쭉 가자!

초등학교는 수업 시간이 40분, 쉬는 시간 10분이다. 화장실에 잠시 다녀오기에는 충분한 10분이지만 옆 건물에 있는 도서관까지 찾아가서 책을 고르고, 줄을 서서 대출과 반납을 하고 돌아오기에는 턱없이 부족한 10분이다. 나는 수업 시작을 알리는 종이 울리기 2분 전부터 아이들을 열심히 교실로 돌려보낸다.

"자~ 종 치기 1분 전이예요. 어서 책 골라서 줄 서세요~ 대출 한 친구는 교실로 돌아갑시다 ~! 응? 연체라서 못 빌린다고? 그럼 다음 쉬는 시간이나 점심시간에 와서 읽으세요~. 응?『제로니모의 환상모험제로니모 스틸턴』5권은 여기있어요~."

종이접기가 아직 안 끝난 아이, 읽던 책이 서너 장 남은 아이, 숨은그림찾기를 다 못 찾은 아이, 재미난 책을 아직 못 찾은 아이. 모두 아쉬움을 남긴 채 썰물처럼 빠져나간다. 수업 종이 울리면 바글바글하던 도서관에 잠시 정적이 깔린다. 그 제야 책이 산더미같이 쌓인 책 수레 앞에서 한숨 돌리며 학부 모 도서 도우미와 잠시 담소를 나눈다.

"아까 제로니모 5권 빌리려던 영준이요~. 제로니모 4권 이 연체 반납되어서 못 빌려준다고 했더니 꼭 지금 읽고 싶다 면서 속상해하더라고요~."

그때 어디서 숨죽인 웃음소리가 난다.

"크크크 크큭"

어라? 다급히 도서관 제일 구석에 있는 책상 의자를 꺼내 고 안쪽을 확인했다. 지난주에 책상 아래에 숨어있던 영준이 가 생각나서 들여다봤지만 오늘은 아무도 없었다. 그런데 곧 다시 의문의 웃음소리가 새어 나왔다.

"으흐흐~."

고개를 내빼고 소리를 쫓아 도서관 끄트머리로 가니 안 쪽 소파 옆 바닥에 납작 엎드려 제로니모 5권을 읽고 있는 4학 년 영준이가 눈앞에 나타난다. 아이코! 또 너야~?! 영준이는 수시로 새로운 은신처를 만들어 내는 천재적인 녀석이다!

"야 이 녀석아! 얼른 교실 가자! 책 이리 주고~."

"아…. 싫어요오…. 조금만 더 읽을게요오~."

제로니모 5권을 든 영준이 손이 오른쪽으로 획. 책을 뺏 으려는 내 손도 오른쪽으로 획. 도망치는 영준이의 손이 다시 왼쪽으로 훅. 등짝 스매싱에 실패한 내 손도 왼쪽으로 따라가며 휭. 내게 쫓기는 와중에도 다급히 책장을 한 장 넘기는 영준이.

"영준아 그냥 빌려줄게. 제발 교실로 가자~."

"으응…. 쪼끔만 더 읽고 갈게요오오~."

제로니모의 환상모험 5권을 꼬옥 움켜쥔 영준이의 어깨를 밀며 신신당부를 한다.

"교실로 쭉 가! 쭉! 아! 걸으면서 읽으면 안 돼~ 제발 고마 쫌! 이대로 쭉 가자~."

'제로니모의 환상모험' 때문에 환장하겠다.


초등학교 도서관에서 책을 제일 즐겨 읽는 학생은 1, 2학년이다. 3, 4학년이 되면 도서관 방문이 뜸해지기는 하지만 아직 책을 싫어한다고까지는 말하지 않는다. 그러다 5학년이 되면 (특히 남학생들의 경우) 대부분 독서라면 경멸하는 표정을 지으며 도서관과 인연을 끊어버린다. 영준이처럼 책을 좋아하던 학생들도 5학년이 되면 거짓말처럼 책을 멀리한다.

왕년에 단골이었던 고학년 이용객들을 복도에서 마주치면 나는 요즘 왜 도서관에 안 오냐며 놀러 좀 오라고 안부를 묻곤 한다. 아이들의 이유는 다양한데 표현은 간단하다. 너무 바빠서, 학원 시간이 빠듯해서, 친구랑 놀 시간도 부족해서, 이따 논술학원에 가면 또 읽어야 해서, 게임하느라 바빠서, 숙제가 많아서 너무 바쁘다고 말하는 얼굴에 '책 너무 싫어요'라고 씌어있다. 누가, 무엇이 이 아이들을 책과 이간질한 것일까? 독서록, 독후감, 독서논술, 전집, 필독서, 수준에 안 맞는 어려운 책, 게임, 스마트폰 등 의심 가는 범인이 제법 있긴 한데 아직 물증을 못 찾았다.

책을 즐기는 영준이의 시간을 성인이 될 때까지 쭉 지켜주고 싶다. 그런데 혹시 나도 독서에 흥미를 떨어트리는 범인 중 한 명은 아니었나? 새삼 자기검열을 하며 도서관 프로그램을 다시 찬찬히 살펴본다.

# 수시로 부케 탄생

(감독: 사서, 출연: 학생, 촬영: 학교 도서관)

코로나로 도서관이 휑하던 여름을 틈타 개명을 했다. 개명이라는 행위에는 지난한 시간 어지러웠던 개인사를 정리하고 싶은 강한 의지가 담겨 있었다. 격하게 촌스럽기도 했던 이름을 버리고 여러모로 좋은 의미를 담은 이름을 공들여 골랐다. 더운 계절이라 전 교직원에게 아이스크림을 돌리며 새로운 이름으로 불러 주십사 인사했다. 주변 지인들에게도 개명한 이름을 널리 알렸다. 처음에는 어색했지만 많은 분이 부러 자주 불러주신 덕분에 금세 새 이름에 익숙해졌다.

"음~ 전에 이름이 훨씬 친근하고 좋던데 왜 바꿨대? 영~ 익숙지가 않아서 말이야…. 난 그냥 옛날 이름으로 부를게~."

한 지인이 유독 고집스레 개명 전 이름으로 나를 다정스레 불렀다. '개명'이라는 번잡한 법적 절차를 거쳐서까지 새로운 이름으로 불리고 싶어서 하는 본인의 의사를 깡그리 무시하는 지인의 태도에 몹시 기분이 상했다. 나는 그 웃는 얼굴에 침을 뱉듯 성질머리를 까발렸다.

상대가 원하는 이름으로 상대방을 불러주는 것은 존중의 첫 단추이다. 같은 맥락에서 나는 도서관에 오는 아이들이 이름 외에 따로 원하는 캐릭터가 있으면 그것도 인정해 주려고 애쓰는 편이다.

부케는 꿈꾸는 아이들의 특권이다. 초등학교 도서관에는 꿈꾸는 듯한 눈을 가진 아이들이 종종 있다. 3학년 내내 커다란 토끼 머리띠를 하고 다니는 아이가 있었다. 4학년이 되어 만났을 때 디자인이 조금 소박해졌을 뿐 아직도 작은 머리 위에 얹힌 토끼 머리띠를 보며 그 아이를 '토끼야~'라고 불러줄 수밖에 없었다. 물론 아이는 완벽히 흡족해했고, 나는 토끼에 대해 자세히 설명된 자연관찰책과 동물도감을 권해 주었다.

얼마 전에는 파브르 곤충학자가 썼을 법한 갈색 탐험가 모자를 한 달 내내 눌러쓰고 다니는 아이가 있었다. 솔직히 말하자면 곤충과 공룡책 영업을 좀 하다가 실패했다. 모자가 알려준 선입견과는 전혀 다르게 무척 내성적이고 정적인 아이였었다.

오늘은 무엇에 필이 꽂혔는지 6학년 도서부 중에 한 아이가 두 팔을 좌우로 펼치고 물결치듯 흐느적거리며 쉬는 시간마다 도서관을 게걸음으로 들락거렸다. 내 눈을 똑바로 응시하며 주문인지 노래인지 아리송한 문장을 계속 읊조린다.

"마이네임 이즈 호빵매앤~~~, 마이네임 이즈 호빵매애앤~~~~, 선생님! 저 마이네임 이즈 호빵맨이에요~."

우리 영채가 어쩌다가 이런 요상한 것이 되었는지? 호빵맨은 장르가 어떻게 되는지 도통 감이 안 온다. 내일도 여전히 호빵맨으로 나타나면 진지하게 해당 장르를 고민해 봐야겠다. 요리? 애니메이션? 댄스? 영어? 어디로 관심이 뻗치고 있는지 알 수 없지만 어쨌든 '호빵맨'이라고는 불러줘야겠다.


1, 2교시 블록 수업을 마친 아이들은 20분 쉬는 시간에 최선을 다해 '즐거울 궁리'를 한다. 기특하게 구석진 도서관까지 찾아오는 아이들도 제법 있다. 물론 '즐거울 궁리'끝에 선택한 곳에서 쓰는 귀한 시간인 만큼 일정 데시벨 이상의 소란스러움은 애교로 봐줘야 한다.

애써 틀어놓은 클래식 음악이 도통 들리지 않을 만큼 생동감 넘치는 도서관의 한가운데 처음 보는 1학년 아이가 홀로 서서 멍하니 허공을 응시하고 있었다. 아직 도서관이 낯설어 그런가 싶어 말을 건넸다.

"왜 혼자 그러고 있어~? 뭐 도와줄까요?"

"괜찮아요~ 저는 지금 친구들의 말을 모으고 있거든요."

세상 모든 아이는 시인이라더니! 오랜만에 꿈꾸는 꼬마 시인을 발견하는 순간이다.

"와~ 멋지다! 너처럼 가만히 눈 감고 서서 햇살도 모으고 색깔도 모으는 '프레드릭'이라는 생쥐 이야기가 있거든~ 널 보니까 그 책이 생각나네!"

"그런 생쥐가 있어요!? 저 그 책 보고 싶어요!"

꼬마 시인은 세상 행복한 얼굴로 『프레드릭레오 리오니』책을 끌어안았고, 나는 대출 영업에 성공했다. 일주일 뒤 1학년 꼬마 시인이 햇살을 그러모은 함박웃음을 지으며 그림책을 반납하러 왔다. 나를 얼마나 봤다고 오른손을 힘차게 흔들며 아는 체를 한다.

"선생님~ 프레드릭 왔어요~!"

"그래~ 프레드릭 어서 와~. 참! 그림책을 쓴 '레오 리오니' 작가가 그다음에 쓴 책은 뭔지 아니?"

우리 꼬마 시인은 잠시 당황하더니 어서 어서 그 책을 찾아 달라고 재촉했다. 꼬마 시인은 『아주 특이한 알레오 리오니』 책을 대출하기 위해 대출 데스크에 줄을 섰다. 2차 영업도 성공! 도서 대출을 위해서는 아이의 이름을 대출 화면에 입력해야 한다.

"이름이 뭐예요?"

"선생님 저예요~ 저! 1학년 4반 프레드릭!"

아이코. 우리 꼬마 시인이 프레드릭으로 완벽히 빙의되었다! 그래. 내 너를 프레드릭이라 불러주마. 옆에서 같은 반 친구들이 키득키득 이름을 대신 말하며 나를 도와준다.

나는 그 뒤로도 한동안 점심시간이면 프레드릭과 인사를 나눴다. 내가 프레드릭 어서 와~ 인사를 건네면 꼬마 시인은 쪼르르 달려와 작은 두 팔로 내 허리춤을 감싸 안으며 퐁! 안겼다. 그런 순간엔 지친 마음이 부풀어 올라 잠시 둥실 떠오른다. 이번 캐스팅도 성공적이었다.

# 방황하는 어린 양

초등학교는 쉬는 시간이 10분씩 4~5번, 점심시간이 50분이다. 이때 교실과 복도는 아이들에게 사회생활의 데뷔 무대 같은 곳이다. 누구에게 아는 체를 해 볼까, 누가 내게 말을 걸어올까, 어떤 대답을 해야 할까, 누구와 운동장으로 나갈까 등등. 혼자든 같이든 아무것도 안 할 수는 없는 시간이다. 가끔 아무도 상대해 주지 않을 것 같은 두려움과 마주해야 하는 시간이라고 느끼는 아이들도 있다. 그 시간이 곤혹스러운 아이들은 홀로 화장실, 보건실, 상담실, 도서실을 하릴없이 방황한다. 수업 시간과 달리 교실에 혼자 가만히 앉아 있으면 너무 눈에 띄기 때문이다.

이 '방황하는 어린 양' 대표주자들이 가장 쉽게 둥지를 트는 곳이 도서관이다. 도서관에서는 혼자 앉아 있어도, 홀로 서 있어도 손에 책만 한 권 쥐고 있으면 자연스럽기 때문이다. 작년의 어린 양들은 치유되어 떠나기도 하고 올해 다시 쓸쓸한 얼굴로 나타나기도 한다. 그리고 학기마다 새 멤버가 어김없이 추가된다. 이들의 명단은 보건, 상담, 사서가 굳이 공유할 필요도 없이 항상 정보가 일치하는 편이다.

가영이는 옆머리가 한쪽 눈을 다 가리고 있어서 그런지 늘 고개를 삐딱이 하고 도서관을 들어서는 아이다. 나는 누구든 도서관 문턱을 넘는 사람에게 큰 소리로 환영 인사를 한다. 대부분은 "안녕하세요"를 대충 답하고 자기 볼일을 보기 바쁘지만 가영이는 방황하는 어린 양답게 시선만 힐끔 던지고는 대답 없이 도서관을 서성였다.

이 녀석이 내 책상 옆 앉은뱅이 의자의 특별 게스트가 된 지 벌써 두 달이 지났다. 쉬는 시간이 아무리 대출 반납으로 바빠도 나는 굳~이 가영이를 특별석에 불러다 앉힌다. 손빗으로 머리를 쓱쓱 빗긴 다음 눈을 가리고 있던 머리를 뒤로 묶어 줬다. 아들 밖에 키워본 적 없는 티가 팍팍 나는 어설픈 솜씨다. 가영이는 마음에 안 드는지 금세 노란 고무줄을 풀어 다시 한쪽 눈을 가리곤 했다.

그래도 나는 머리 묶어준 품을 받는 요량으로 굳~이 가영이에게 심부름을 시켰다. 종이 쓰레기를 버리고 와라, 잡지를 월별 순서대로 좀 꽂아 달라, 연필을 깎아 달라…. 귀찮다고 하면서도 가영이는 어슬렁어슬렁 심부름을 했다. 너무 대충해서 되려 내 일이 늘어나는 수도 있었지만 여하튼 나는 격한 어조로 "고오~마워!"를 연발하며 비타민 하나를 손에 쥐어 보냈다. 나는 누구든 도서관 문을 나서는 사람에게 배웅의 말과 함께 다음을 기약한다.

"잘 가~ 내일 또 와~."

가영이의 쉬는 시간이 그렇게 두어 달 무탈히 지나갈 때쯤. 가영이는 여전히 한쪽 눈을 가린 채 고개를 삐딱이 하고 다녔지만 도서관에 들어서면 내게 먼저 다가왔다.

"선생님 심부름할 거 없어요? 심심해요~ 뭐 재미있는 거 없어요?"

드디어 준비가 된 것이다. 나는 도서관의 다른 어린 양들과의 미팅을 주선했다. 학년은 굳이 같을 필요 없지만 성별은 같은 편이 좋다. 아, 1학년은 성별이 달라도 결과가 좋은 편이다.

"저~기, 하정이가 실뜨기 놀이 같이 할 사람이 없다고 하던데 가서 한 번만 같이 해주면 안 될까?"

가영이는 슬쩍이 쳐다보더니 "실뜨기할 줄 몰라요"라며 거절했다. 실패다. 그래도 기회는 많으니 걱정 없다. 나는 미팅 성공률이 높은 주선자다.

햇살 좋은 어느 점심시간.

"가영아 국어사전 좀 3-1 교실에 가져다줄래? 10권이라 무거우니까 소정이랑 나눠 들고 갔다 오자~."

심부름 미팅을 주선했는데 국어사전 배달이 잘 되었는지 어쨌는지 요 녀석들 비타민 받으러도 안 오고 사라졌다. 그러고는 다음날 점심시간에 둘이 나란히 도서관을 들어서는 게 아닌가. 성공이다. 그렇게 가영이와 소정이는 도서관에서 쉬는 시간을 좀 보내는가 싶더니 어느새 도서관에 오던 발길을 뚝 끊었다. 이번 학기 방황하는 어린 양 둘이 줄었다.

당연한 이야기이지만 어린 양들은 아무리 도서관에 자주 와도 도서대출 실적 향상에 도움을 준 적이 없기에, 나는 사서이지만 어린 양들의 도서관 손절을 늘 환영한다.

# 사서의 동료는 누구일까?

내가 근무하는 학교는 전교생이 천명에 가까운 큰 규모의 학교이다. 초등학교 도서관에 대한 사전 지식이 절대적으로 부족했던 근무 첫해의 나는 온종일 대출 반납과 서가 정리로 정신이 혼미했다. 쉬는 시간 종이 칠 때마다 전속력으로 복도를 달려오는 아이들의 천둥 같은 발소리에 가슴이 벌렁거렸다. 그 와중에 연간 독서교육 계획과 예산운용, 도서관 이벤트, 이용자 교육, 신간도서 구매 등 공격적으로 쏟아지는 업무는 모두 초면이었고 야근 시간은 두통과 정비례하며 한없이 늘어났다.

─이 작가의 책과 비슷한 책 있을까요?

'글쎄요, 아직 장서 파악을 다 못해서요….'

─장서량은 얼마나 되죠?

'아… 그걸 어떻게 확인하는 건지 저도 잘….'

─연휴라 반납 못한 건데 왜 연체되었나요?

'그러게요, 참 이상하네요….'

─정기간행물을 갱신해야 하는데 이번 주에 될까요?

'그건 어떻게 하는 건가요??'

─읽을 책이 없네요.

'아… 책이 7천 권이면 적지 않은데….'

─우리 학교는 규모가 커서 사서 교사를 기대했는데 전담 사서라\*니 무척 아쉽네요.

'전공했고 자격증 있고 면접에 뽑혀서 합법적으로 출근했습니다만… 저도 참 유감입니다….'

2018년 첫 학기가 어떻게 지나갔는지 모르겠다. 뱉은 말보다 삼킨 말이 더 많았지만 모르는 것 투성이의 서툰 사서에게 누군가는 무례했고, 어떤 이는 외면했다. 제시간에 퇴근할 수 있는 날이 없었다. 대부분 한가한 방학에도 홀로 바쁘고 정신이 없었다. 교사들과는 달리 임용을 치르지 않고 채용되었다는, 게다가 나이도 많다는 심리적 페널티에 짓눌려 처음부터 능숙하게 잘 해내고 싶은 욕심이 컸지만 어림없는 소리였다.

---

\*전담 사서는 임용고시 대신 면접으로 채용된 무기 계약직이며, 수업권이 없는 공무직으로서 사서 교사와 구분된다.

무능함을 들키고 싶지 않다고 생각하는 만큼 실수가 끊이지 않았다. 탈무드에서 인간이 절대 숨길 수 없는 세 가지는 가난, 사랑, 재채기라 했던가. 여기에 풋내기를 추가해야 한다. 2018년 경남의 어느 구석진 도서관에서 숨길 수 없는 풋내가 풀풀 풍겼다.

이곳은 '행복학교'라서 그런지 교육에 대해 남다른 열정이 가득한 교사들이 많은 젊은 학교이다. 학년끼리 회의하며 의기투합해서 '의쌰의쌰' 프로젝트 수업을 진행하는 담임선생님들을 보면 멋있고 빛이 났다. 학교 도서관 사서는 이러한 교사들에게 수업을 지원하는 역할을 해야 하지만 어디에도 내가 끼어들 틈은 보이지 않았다.

지겨운 공부에 지쳐있었던 나의 고3시절. 어두운 밤 교문 앞에는 부모님들의 승용차가 하교하는 자녀들을 기다리며 줄지어 서 있었다. 나는 그 눈부신 헤드라이트들을 등지고 버스 정류장을 향해 홀로 지친 발걸음을 옮기곤 했다. 막차를 기다리던 그 발걸음은 어느새 어수선한 학교 도서관 구석을 향하고 있었다. 잘 해내고 싶은 마음의 크기만큼 메워야 할 구멍이 컸다.

나의 도서관은 빈약하고 어설펐지만 누구에게 무엇을 어떻게 물어봐야 하는지조차 몰랐다. 의논할 사람이 필요했지만 모두 바빠 보였고, 아무도 도서관에는 관심이 없는 것 같았다. 나는 조언이 필요했지만 매일 눈치만 늘었다. 내가 꿈에 그리던 사서는 이게 아니었는데… 나는 동료가 필요했다. 내 고민을 함께 나눌 이는 누구일까? 고민이 마음속 바닥을 찍고 방향을 틀자 옹졸한 내면의 벽이 허물어지기 시작했다.

낯가림 따위는 고이 접어 학사운영 안내 책자를 읽을 때 책갈피로 썼다. 학교 구성원들과의 자연스러운 대화를 위해 일부러 짬을 내어 교무실을 들락거렸다. 커피를 마시고 간식을 나눠 먹으며 학교 돌아가는 이야기를 귀동냥했다. 그렇게 카페인에 중독되고 옆구리 살이 두툼해지는 만큼 친분도 조금씩 두터워졌다. 학생 도서부, 학부모 도서 도우미, 각반 담임 선생님들, 학년부장 선생님, 행정 실장님, 교감선생님, 교장선생님, 인근 학교의 사서 선배님들 등등. 편견을 내려놓고 자세히 들여다보니 동료로 삼을 사람이 정말 많았다.

사서 모임에도 적극적으로 나갔다. 선배라는 존재는 얼마나 든든한가! 처음 만난 자리임에도 불구하고 답답한 마음에 선배님들에게 마구 하소연을 했던 기억이 선명하다. 인근 초등학교 사서 H는 흔쾌히 자신이 근무하는 학교에 견학 오라는 제안을 해 주었다. 경험 가득한 선배들이 뿜어내는 아우라는 눈부셨다.

학부모 도서 도우미들과도 적극적으로 소통했다. 도서관 이벤트를 함께 의논하고 설명했더니 메뚜기 떼처럼 몰려드는 저학년들의 습격을 여유 있게 받아내 주셨다. 서가를 이동할 때 기꺼이 수많은 책을 함께 옮겨 주셨다. 혹시 내가 병가로 자리를 비울 때면 든든히 뒤를 커버해 주셨다. 학부모님들의 성실한 봉사는 소심한 눈치로 가득했던 나를 부끄럽게 했다.

대출 반납 바코드를 찍어보고 싶다는 학생, 책을 많이 읽는 학생 등 도서관을 애정 하는 아이들에게 '도서부'라는 이름을 붙여 주었다. 도서부들은 도서관을 안방처럼 드나들며 책 수레에 쌓인 책을 소독기에 넣고, 읽을 책이 없다며 투덜대는 아이들의 손에는 추천도서를 쥐어 주었다. 도서관 행사 안내 포스터 제작과 이벤트 상품 선택은 도서부가 제일 즐겨 하는 업무가 되었다. 도서부는 서서히 도서관의 주인이 되었다.

담임선생님들에게 수업 시간에 아이들을 데리고 와서 독서를 하거나 수업을 할 수 있도록 사전 예약을 받는다고 홍보했더니 도서관을 적극적으로 이용하는 학급이 하나 둘 늘기 시작했다. 신간이 들어올 때마다, 이벤트가 있을 때마다 열심히 알렸더니 교과 과정과 연계한 도서관 활용 아이디어를 들고 오는 선생님이 생겨났다. 좋은 아이디어는 주로 잡담을 나누던 중에 탄생하곤 했다. 어느새 도서관 운영의 문제점에 대해 함께 의논할 수 있는 선생님까지 등장했다.

어느 순간 수업 시간에도, 쉬는 시간에도 도서관이 교사와 학생들로 붐볐다. 이용자가 많아지니 많은 아이들이 사용하기에 협소하고 불편한 도서관 공간을 업그레이드해야 한다는 의견이 힘을 얻었고 학교 예산이 자연스럽게 추가 편성되었다. 관리자들은 도서관에 들어가는 예산을 아까워하지 않았다.

하루아침에 일어난 변화는 아니다. 마음을 열고 5년 동안 천천히 열정을 품은 동료를 찾았고, 그들과 협력하니 해결하지 못할 문제가 없었다. 어느덧 풋내 나던 어수선한 도서관은 사라지고 학교 공동체가 모두 함께 누리는 우리의 도서관이 만들어졌다. 이용자들이 도서관 운영에 관심을 가지고 적극 참여하니 학교 도서관은 학교 구성원 모두가 주인인 공간이 되었다. 풋내 풍기던 도서관이 이용자들과 함께 호흡하며 살아 움직였다. 일 폭탄과 다크서클이라는 부산물이 그림자처럼 따라붙었지만 도서관이 살아나는 만큼 나도 조금씩 자랐다.

# 봉사해도 될까요?

도서관은 늘 일손이 부족해서 학생과 학부모 봉사자의 도움을 많이 받는다. 다행히 기꺼이 봉사해 주는 분들이 해마다 나타나 주셨다. 물론 봉사자 없이 자체 인력만으로 잘 굴러가는 도서관이 가장 이상적이라고 생각한다. 1학교 2사서를 주장하는 이도 있지만 1학교 1사서 배치율도 40%가 채 되지 못하는 현실에서 사서가 한 명이라 너무 바쁘다는 투정 따위는 사치이다. 그러니 봉사자의 존재는 더없이 소중하다.

어느 해는 신청자가 너무 많아 추첨으로 봉사자를 뽑았었다. 우정이 엄마는 그해에도 봉사자 신청을 했었고, 추첨 결과 봉사자 명단에 이름을 올리셨다. 벌써 5년째 봉사를 이어오고 있는 고마운 분이다. 이제는 봉사 신청자가 줄어들어 추첨하지 않는데도 봉사 신청을 하실 때마다 미안해하셨다.

"샘~ 빠릿빠릿하고 젊은 엄마들이 들어와야 도움이 될긴데, 잘 하도 몬 하는 제가 들어가서 괜찮겠습니꺼~."

우정이 엄마는 우정이 또래 엄마들보다 나이가 많으시다. 대출반납은 컴퓨터 키보드와 바코드 리더기를 이용해야 하는데 그녀는 키보드에 익숙지 않다. 침침한 눈으로 책등의 자잘한 청구기호를 보기도 쉽지 않으시다. 가끔 학생들이 요청하는 도서검색을 잘 못해서 당황하기도 하신다. 그런데도 나는 늘 그녀가 최고의 봉사자라고 말한다.

우정이 엄마는 한번 본 아이들은 절대 잊지 않으신다. 어쩌면 동네 아이들 이름을 죄다 알고 있을지도 모르겠다. 무엇보다 학생들에게 다정히 인사 건네는 목소리에 진심이 배어 있다. 실내화 없이 다니는 아이를 발견하면 기어이 주인 없는 실내화를 구해다 신겨주신다. 급식을 먹자마자 뛰어 들어오는 꼬맹이들 옷이며 턱에 붙어있는 밥풀을 떼어 내 주는 것도 그녀다. 비 오는 날에는 우산을 살뜰히 챙겨 봐 주고, 바람 부는 날에는 옷매무새를 참견하며 귀갓길 추위를 걱정해 준다. 그녀가 도서관 입구에서 아이들을 맞이할 때면 빙그레 살아나서 재잘대는 아이들을 발견할 수 있었다.

"와~? 들어온나~ 출제~? 반납해주까~?"

그녀는 내가 아는 중에 제일 보드라운 경상도 사투리를 쓰는 사람이다. 찐 엄마의 눈으로, 폭신폭신한 손길로 도서관에 들어오고 나가는 아이들을 챙겨 봐 준다. 대출반납과 도서 정리를 부탁드린 봉사자에게 기대하지 못했던 부분이다.

사서 초보 시절에 나는 우정이 엄마를 유심히 보고 열심히 따라 했다. 뽀얀 메밀 꽃밭처럼 포근한 그녀의 다정함을 배웠다. 초짜 사서와 우정이 엄마는 매년 조금씩 함께 성장했고, 소심쟁이였던 우정이도 늠름하게 커갔다. 이제는 새로운 봉사자에게 봉사 업무에 대해 알려주는 그녀의 모습에서 전에 없던 자신감도 발견한다. 그 자신감은 우정이에게도 전해졌다. 왜소하고 조심스럽던 우정이의 목소리가 학년이 올라갈수록 또랑또랑해졌다. 우정이는 도서부 활동과 독서동아리 활동에 적극적으로 참여하며 도서관과 함께 명랑해졌다.

15년 전. 나는 둘째 출산과 함께 갑작스런 폐암 수술과 항암 치료를 겪은 적이 있다. 작은 컵 속에 물 같던 내 작은 세상이 격하게 출렁이다 못해 뒤집어질 듯 위태로운 시절이었다. 온통 죽음에 대한 두려움으로 가득한 그때 세상 어딘가에 짧은 닻이라도 내려두고 싶은 마음이 간절했다. 그저 책과 아이들을 좋아하는 병약한 나를 반겨주는 곳이 딱 한군데 있었는데 바로 도서관이었다. 두 아들이 어린이집 가는 틈에 짬을 내어 공공도서관에서 동화구연 봉사를 시작했다. 한참 어린 두 아들을 돌보느라 자투리 시간이 별로 없었지만 늦은 밤까지 동화를 외우고 교구를 만들며 봉사를 하러 다녔다.

동화구연을 듣고 즐거워하는 아이들의 미소를 볼 때마다

위태롭던 내 삶에 켜켜이 근육이 붙었다. 그렇게 즐기며 봉사하다 보니 도서관 봉사를 넘어 문화센터, 어린이집, 장애인 복지관 같은 곳에 가서 동화구연 강의를 하고 아동극 공연까지 하게 되었다. 큰 벌이를 했던 것은 아니지만 그 10년의 봉사와 강의는 내게 더 넓은 세상을 보는 긍정의 눈을 선물해 주었다. 그리고 내가 좋아하는 도서관과의 연을 단단히 이어주는 끈이 되었다.

봉사라는 것은 늘 기대 이상의 것을 우리에게 돌려준다. 우정이는 내년에 졸업한다. 마지막 일 년. 올해는 우정이 엄마의 다정함을 더 많이 배워둬야겠다.

# 사랑만이 답이다

학교 복도를 걷다 마주치는 아이들은 내게 다양한 인사 말을 건넨다.

"안녕하세요~."

"반갑습니다~."

"이따 도서관 갈게요~."

"히~." (손바닥을 좌우로 흔들기)

"사서쌔앰~." (팔을 좌우로 흔들기)

"아까 도서관 갔었는데 선생님 없었어요잉~." (눈인사)

"어? 도서관에 선생님이다!" (손가락질 인사?)

"안냐세욥!" (뛰어가다 고개 까딱이며 인사 던지기)

"아아앙~." (소리치며 폭 안기기)

도서관을 나서는 아이들의 인사도 다양하다.

"이따 올게요~."
"내일 뵐게요~."
"안녕히 계세요~."
"주말 잘 보내세요~."
"저 먼저 갈게요~."
"수고하세요~."
"쌤 빨리 퇴근하세요~." (동료인 줄…)

꼬맹이들은 인사를 참말로 잘한다. 가끔은 인사를 넘어선 인사로 반가움을 표현하기도 한다.

어쩌다 미세먼지 한 점 없이 맑은 어느 날. 급식소에서 양손 가득 식판을 들고 가던 2학년 아이가 나와 눈이 마주쳤다. 한 치의 망설임도 없이 왼쪽 눈을 찡긋 윙크하며 미소 짓는다. 아이코! 젊은 날에도 못 받아본 윙크를 초등학교 급식소에서 받게 될 줄이야! 자신의 윙크에 선생님이 화답하리라 확신하는 에너지가 눈부시다.

심쿵하며 돌아서다 1학년 아이의 엣지 넘치는 뒷모습과 마주하고 말았다. 턱과 오른손을 높이 치켜들고 물 컵의 물을 마시면서 왼쪽 다리를 사선 뒤로 보내 발끝으로 바닥을 콕 짚으며 균형을 잡고 선 품새가 영락없는 발레리나다. 물 컵을 든 오른손의 새끼손가락 하나를 곧게 뻗는 자연스러운 마무리. 발레복처럼 펄럭이는 플레어스커트에 무릎까지 올라오는 긴 양말이 앙증맞다. 엄마 미소를 짓고 있는 나와 눈이 마주치자 가지런한 치열 한쪽 끝에 이 빠진 구멍을 뽐내며 활짝 인사한다. 허~ 지가 이쁜 줄을 안다! 내게 딸이 없는 것도 알아챈 건가 싶다.

나의 8살 인생도 저러했을까? 백번 양보해서 긍정적으로 되짚어 봐도 저렇게 확신 가득한 자신감은 없었던 것 같다. 응축된 사랑이 흠뻑 배여 있는 아이들의 몸짓을 마주하고 서면 구부정했던 어린 날의 내가 떠오르고 만다. 국민학교 시절의 내 고개는 늘 바닥을 향해 있었다. 아마 당시 내게 학교는 아주 엄중하고 무서운 곳이었던 것 같다. 태산 같은 담임선생님의 뾰족한 뿔테안경, 깜빡한 준비물, 까먹은 구구단, 도통 이해 못 할 산수 시험, 못다 한 숙제, 손바닥 회초리의 쓰라림, 복잡한 복도, 너무 넓었던 운동장. 나는 선생님과 눈을 똑바로 마주쳐 본 기억이 없는 소심한 학생이었다. 뭐가 뭔지 도통 이해 못 할 일들로 하루가 저물면 나는 작은 내 방 책상 아래에 쪼그려 앉아 세계명작동화 속으로 숨어들곤 했다.

학교라는 거대한 건물은 어른의 시선에서 만들어지고, 어른의 기준으로 운영되는 곳이다. 학생들이 이용하는 건물이지만 어쩌면 학생들이 쉽게 이방인이 되어버릴 수도 있는 곳이다. 학교 도서관은 이 엇박자의 긴장감을 줄여줄 수 있는 제일 만만한 장소다. 학생들의 눈높이에 맞춰 꾸려진 도서관에 드나들다 보면 자연스레 학교 공동체의 구성원으로 받아들여지는 경험을 할 수 있기 때문이다.

모든 아이들의 도서관이 부디 다정했으면 좋겠다. 나는 오늘도 꼬맹이들에게 미소로 답하고 힘차게 인사를 건네며 어린 날의 '나'까지 함께 끌어안아 본다. 인사말을 싣고 떠오르는 공기 틈으로 정겨운 사랑이 피어난다. 어디서든 사랑만이 답이다.

# 2

## 아끼면
## 똥돼요

# 우리 학교 철학을 아십니까?

도서관은 행사를 자주 한다. 독서의 달, 한글날, 세계 책의 날, 독서캠프 등등. 크고 작은 행사로 꼬마 손님들의 관심을 한 번이라도 더 끌기 위해 규칙적으로 소란스러움을 기획한다. 아이들이 찾지 않는 학교 도서관은 죽은 도서관이나 다름없기 때문에 행사는 도서관을 살아 숨 쉬게 하는 가장 중요한 업무 중 하나이다.

사서가 되기 전 여러 도서관을 돌아다니며 동화구연 봉사와 강의를 하고 아동극 공연도 제법 했었다. 덕분에 도서관 행사에 대해 나름 감이 있다고 자신했다. 글빛누리도서관으로 첫 발령을 받고 한 달이 채 되지 않은 어느 날, 교감선생님께서 사서도 새로 왔으니 도서관 활성화를 위한 이벤트를 좀

해야 하지 않겠냐고 넌지시 운을 떼셨다. 나는 혼자 각종 사서 카페와 도서관 소식지 등을 뒤져가며 야심 차게 첫 번째 행사를 준비했다. 자유롭게 책을 읽고 나서 자신의 감상이나 질문, 책 소개, 필사 등 하고 싶은 말을 짧은 글로 적어내는 '책똥누기'라는 것인데, 책똥누기 용지에 글을 적어서 제출하면 작은 선물도 주고, 글을 전시해서 다른 친구들이 읽어볼 수 있도록 했다. 아무리 생각해도 정말 유익한 행사라는 생각에 자신감이 솟아올랐다. 처음부터 이렇게 좋은 행사를 기획한 내가 스스로 좀 대견했다.

학생들을 위한 홍보 포스터를 곳곳에 붙이고, 각 반 담임 선생님들에게도 꼼꼼히 홍보 메시지를 날렸다. 드디어 행사가 시작되었고 아이들이 책똥누기를 적어서 내면 나는 도서관의 초대형 게시판에 학년별로, 반별로 쭉 줄을 세워 전시를 했다. 어느 학생이 많이 참여했는지, 어느 학년이 더 많이 참여했는지 어느 반의 참여가 저조한 지 한눈에 훤히 보였다. 삐뚤빼뚤한 아이들의 글이 예뻐 보였다.

2학년 9반 아이들은 게시판을 보더니 갑자기 자신들의 반이 일등을 해야 한다며 친구들을 데리고 우르르 몰려왔다. 반면에 5학년 중에서 유독 두 반은 전혀 참여를 하지 않았다. 나는 선물도 많이 준비했으니 2학년처럼 적극적으로 참여해 보시라고 5학년 담임선생님들에게 홍보의 메시지를 한 번 더 보냈다. 2학년도 9반만 월등히 앞서가고 있으니 다른 반들도 분발해 보시라고 메시지를 또 보냈다. 지금 다시 생각해도 식은땀이 쭉 날 정도로 아찔하지만, 그때까지 나는 내가 무슨 실수를 하고 있는지 전혀 알지 못했다.

전체 쪽지를 메신저로 날리고 그다음 쉬는 시간이 되자마자 5학년 담임선생님으로부터 반별, 학년별 비교와 경쟁을 강요하는 행사가 불편하다는 전화가 왔다. 아직 얼굴도 본 적 없는 2학년 담임선생님들로부터 이벤트 참여는 학생 자율에 맡기는 게 옳은 것 같다는 항의의 메신저가 날아들었다. 도서관 행사 운영방식이 우리 학교의 철학에 맞지 않다며 교감선생님께 직접 찾아가 화를 낸 담임선생님도 있었다. 교감선생님은 놀란 토끼 눈을 하고 허둥지둥 도서관으로 쫓아오셨다. 나는 벌렁거리는 심장소리 때문에 '행복학교 철학'에 대한 교감선생님의 설명이 잘 들리지 않았다.

교육청에서 사서 채용 면접을 보던 날 담당 장학사님이 했던 말이 그제야 머릿속에서 메아리쳤다.

"지금 지원하신 학교가 어떤 학교인지 아십니까?"

"네 혁신도시에 있는 초등학교라고 알고 있습니다."

"음… 그곳이 '행복학교'인 건 모르시는군요."

"…?"

나는 장학사님이 기대했던 답변이 무엇이었는지 이제야 눈치를 챘다. 도대체 '행복학교'란 것이 뭐길래 다들 이렇게 강조를 하는지 알 수 없었다. 나도 모르게 눈물이 툭툭 떨어졌다. 스스로 대견스러워 하기까지 했던 순간이 떠올라 귀가 빨개졌다. 나는 좀 더 일찍 장학사님의 질문을 곱씹어 봤어야 했다. 초대형 게시판에 눈치 없이 펄럭이며 붙어있는 아이들의 글이 나를 가만히 지켜보고 있었다.

　이 학교는 공교육 안에서 '행복학교'라고 하는 경남형 혁신학교를 실험하고 있는 곳이다. 민주적이고 자발적인 문화, 꿈 키움, 나눔 등이 핵심 철학으로 중요하게 자리 잡고 있다. 아이들의 자유의지와 선택권을 존중하고, 민주적 절차를 중요하게 생각하며, 불필요한 경쟁으로부터 학생들의 행복을 지켜내기 위해 많은 선생님들이 노력하고 있다. 소모임을 꾸려서 '행복학교'에 대한 책을 읽고 함께 공부하며, 매달 다모임을 열어 회의를 거듭하면서 자신들의 교육철학을 꾸준히 실천하는 곳이다.

　나는 내가 근무하는 학교의 철학과 특징에 대한 이해도 없이 나만의 감으로 도서관 운영을 계획한 간 큰 사서가 되었다. 심지어 내가 하는 행동이 경쟁을 부추겼다는 사실을 알아차리지 못했다는 점이 가장 큰 문제였다. 어쩌면 당연하다. 내가 자라면서 받은 모든 교육과정은 무한 경쟁이 기본 값이었다. 노력의 크기는 성적표에 숫자로 표시되어 노골적으로 사람의 가치를 매기는 시절이었다. 그러니 나는 뼛속까지 줄 세우기식 문화에 익숙한 사람이 아니겠는가. 하여간에 이런 구차한 변명을 할 기회는 따로 없었고 나는 그저 초짜 냄새 폴폴 나는 초보 사서로 신고식을 톡톡히 치렀다. 그 뒤로도 두어 번 더 비슷한 사고를 치면서 짠 내 가득한 눈물과 함께 '행복학교'에 적응해야 했다.

# 우리는 방귀 튼 사이

"선생님~ 아무리 봐도 책이 제자리에 없어요!"

그럴 리가 없는데… 내가 좀 전에 분명히 거기 있는 걸 봤는데… 인기도서 『추리천재 엉덩이 탐정트롤』 4권이 분명히 여기 있었는데~ 어디 보자… '추리천재 엉덩이 탐정' 4권을 간절히 찾는 1학년 아이와 그 아이를 도와주려는 학부모 도서 도우미, 그리고 초짜 사서까지 세 명이 '800 문학도서' 5단 서가 앞에 나란히 쪼그려 앉아 아래 칸에 시선을 고정했다. 나는 자잘한 청구기호에 온 정신을 집중한 채 서가를 훑다가 나도 모르게 그만… 그만… 방귀를 뀌었다. 맙소사! 도저히 듣고도 믿을 수 없는 요란한 소리가 도서관의 조용한 공기를 뒤흔들었다. 그리고 2초간 정적이 흘렀다.

우리는 서로 마주 보지 않았다. 나는 벌겋게 달아오른 얼굴로 서가에 시선을 고정했다. 서가를 짚어가던 학부모 도서 도우미의 손가락도 멈췄다. 눈치 없는 1학년 아이만이 놀란 얼굴을 숨기지 않았다. 녀석은 마치 외계 생명체를 발견한 듯, 아니 과자봉지 속에서 예상 밖에 피카츄 스티커를 찾아낸 듯 흥미진진한 얼굴로 학부모 도서 도우미에게 질문했다.

"어? 방귀소리가 났는데요?"

그나마 나에게 질문하지 않은 것은 녀석의 작은 배려였다고 생각한다. 학부모 도서 도우미는 감사하게도 나를 감싸 주셨다.

"음~ 누구나 방귀를 뀔 수 있는 거야. 나도 아까 저기서 방귀 뀌었는걸~."

정말 감사한 말씀이라 나는 머쓱하게라도 웃고 싶었지만 아... 웃을 수 있는 냄새가 아니었다!

"하하하~ 냄새도 나는데요?"

녀석은 어느새 '추리천재 엉덩이 탐정' 4권은 까맣게 잊어버리고 집요하게 질문했다.

"방귀를 꼈으니까 냄새도 나는 거지 이 녀석아~ 자! '추리천재 엉덩이 탐정' 4권 여기 있다!"

근처에 있는데도 다들 찾지 못하는 책을 딱! 찾아냈을 때 사서만이 느끼는 짜릿한 쾌감과, 방귀의 부끄러움이 잘 버무려진 짬뽕 같은 기분을 끌어안고 나는 화장실을 향해 달려갔다.

아이들은 더러운 걸 좋아한다. 아니 즐긴다. 초등학생이 되어도 그렇다. 『슈퍼 히어로의 똥 닦는 법안영은』, 『똥볶이 할멈강효미』, 『쉬는 시간에 똥 싸기 싫어김개미』 등 이렇게 제목에 똥이나 엉덩이만 들어가도 눈을 반짝이며 펼쳐본다. 내용 중에 방귀나 똥 이야기가 맥락 없이 끼여 있어도 마냥 좋다고 깔깔거리며 읽고 또 읽는다. 의도한 바는 아니지만 나는 그날 1학년 아이에게 큰 재미를 선물한 셈이다.

사실 화장실을 계속 못 가고 있었다. 구름 떼처럼 몰려드는 아이들을 응대하느라 너무 바빴다. 언제 어떻게 요령껏 짬을 내야 하는지, 시간을 어떻게 쪼개어 써야 하는지 몰라 화장실 갈 타이밍도 잡지 못하던 쌤 초짜 시절이었다. 아침 8시 30분 출근과 동시에 온종일 낯선 업무들에 쩔쩔매며 긴장상태로 하루를 보냈다. 무슨 수업종이 그렇게 수시로 치는지… 초등학교 수업 시간 40분은 너무 짧다. 돌아서면 자꾸 종이 쳤다. 쉬는 시간 10분은 더 턱없이 짧다. 어느새 변비와 소화불량과 두통에 시달렸다. 그렇게 4계절을 한 바퀴 돌고 나서야 조금씩 업무가 눈에 보였다.


여전히 학교 도서관은 쉴 새 없이 돌아가지만 나는 이제 커피도 한잔 마시고, 화장실도 잘 다녀오고, 아이들과 그림책 읽는 시간도 만들어 내는 경지에 다다랐다. '경지'라고 말하면 좀 웃기지만 화장실도 못 가던 당시의 내가 지금의 나를 본다면 분명 대단하다며 부러워했을 것이다. 초짜 사서의 흑역사

현장에 있던 녀석의 얼굴은 기억나지 않지만 불시에 나와 방귀를 튼 사이가 된 학부모 도서 도우미는 그 후 5년간 나와 함께 도서관을 지켜주셨다.

　　다시 봄. 새 학기에는 사방에서 새롭고 낯선 것들의 향연이 펼쳐진다. 허둥대는 새 학부모 도서 도우미, 정신없이 실수하는 새 도서부, 같은 말을 백 번도 더 하게 만드는 신입생. 누구랄 것 없이 모두들 봄날의 어수선한 시간을 통과하고 있다. 괜찮다. 웃으며 지난봄을 회상할 날이 다음 계절과 함께 올 것이다.

# 어깨인사의 마법

선생님들에게 학교는 정류장이고 선생님들은 버스라는 말을 흔히 한다. 시간이 되면 출발해야 하는 버스. 그래서 초등학교의 진정한 주인은 6년을 오롯이 이곳에 머무는 학생들이라고 한다. 해마다 많은 선생님들이 새로 도착하고, 많은 선생님들이 새로운 곳으로 떠난다. 그러다 보니 새 학기의 어색함은 학생들만의 것이 아니다. 그저 먼저 웃고 반갑게 인사 나누며 정을 붙이면 되는데 이런 사실을 몰랐던 시절이 있었다. 나이가 많은 초보라 그랬는지, 초보는 원래 다 그런 건지 알 수 없지만 유독 나만 다른 선생님들과 쉽게 친해지지 못하는 것 같아 나날이 주눅 들고 소심해졌었다.

하루는 교무실 테이블에서 담소를 나누던 체육전담 선생

님과 교무주임 선생님이 지나가던 나를 보고 잠깐 앉았다 가
라며 손짓을 했다. 날씨 이야기 말고는 딱히 나눌 말이 떠오르
지 않는 사이였지만 어정쩡히 앉아 꾸역꾸역 쓴 커피를 들이
켰다. 그런데 다음날 아침 복도에서 멀찍이 마주친 체육전담
선생님이 갑자기 왼손을 번쩍 들더니 좌우로 힘차게 흔들며
내게 인사를 발사했다. 보통 복도에서 마주치는 이와 일상적
으로 나누는 고개 까딱하는 정도의 인사가 아니었다. 표정의
디테일을 알아볼 수 없는 먼 거리였지만 활짝 웃고 있는 것 같
았다. 목례보다 훨씬 많은 근육을 사용하는 큰 동작 때문일까?
애정이 듬뿍 담긴 것처럼 보였다.

　　순간 멈칫했지만 나도 얼른 오른손을 번쩍 들어 좌우로
흔들며 먼 거리를 날아온 인사에 걸맞은 동작을 취했다. 나름
순발력 있게 움직였다고 생각했는데 체육전담 선생님이 손을
내리며 교무실 뒷문으로 쓱 들어갈 때 흘낏 오른쪽을 보니 내
손은 미처 어깨 위로 올라가지 못하고 가슴 앞에서 소심하게
흔들리고 있었다. 아쉬웠다. 나도 어깨 위로 높이 들었어야 했
는데! 화선지에 물감 한 방울 스미듯 마음에 미소가 번졌다.
갑자기 둘 사이가 가까워진 것 같은 푸근함이 주눅 든 빗장을
풀어헤쳤다.


　　다음날 나는 저 멀리 교무실 복사기 앞에 서 있는 체육전
담 선생님과 눈이 마주친 순간 활짝 웃으며 복습의 시간을 가
졌다. 오른손을 재빨리 어깨 위로 높이 들고 좌우로 3초간 힘

차게 흔들었다. 오늘의 안녕과 반가움을 듬뿍 담아서. 체육전담 선생님의 표정을 보니 그녀도 나와 같은 강도의 푸근함을 전달받은 듯했다. 그렇게 직장 생활에서 어색한 관계 한 명이 사라졌다.

그 뒤로 나는 이 마법 같은 어깨 인사를 자주 활용하면서 학교생활에 자신감을 붙여갔다. 심지어 도서관 VIP 학생을 복도에서 마주칠 때도 반가움을 듬뿍 담아 손을 흔든다. 어깨 인사가 아직 부담스러운 사람과는 가슴 높이 인사부터 트는 것도 방법이다. 가슴 높이 인사를 할 때는 활짝 보다는 작은 미소와 함께 잔망스러운 손목 스냅 사용을 추천한다.

# 신학기 준비는 따뜻하게

3월 개학을 앞둔 일주일 전. 겨울방학 동안 켜켜이 쌓인 먼지가 봄바람과 함께 사방으로 흩날리며 술렁이는 때다. 전근 오신 17명의 선생님 포함 모든 교직원들은 '새 학년맞이 교육과정 함께 세움 주간'을 시작했다. 2~5년에 한 번씩 근무지를 옮기는 교사의 직업 특성상 학교를 옮겨서 낯선 사람들과 새로이 적응해야 하는 스트레스를 서로 잘 알기에 기존 근무자들은 새로 오는 교직원들을 따스히 맞아주고 싶은 마음이 크다.

교장선생님이 꽃다발까지 준비해서 한 사람, 한 사람에게 열띤 환영의 인사를 건네셨지만 새로 오신 분들의 경직된 어깨와 무릎은 쉽게 풀리지 않았다. 워크숍을 이끄는 선생님은 낯선 이들과의 첫 만남에 긴장한 우리 모두를 위해 차근차근 마음 열기 놀이를 시작했다.

입 열기 쑥스러운 모두를 위해 작은 판에 각자 자신의 소개를 적고 보여주는 것이다. 그냥 적으라고 하면 힘들까 봐 형식도 정해주신다.

"저는 ○○○할 때 가장 ○○○한 ○○○입니다."

요즘 글쓰기에 빠져 사는 나는 고민 없이 쓱쓱 적었다.

"저는 읽고 쓰고 나눌 때 가장 행복한 사서입니다."

각자 자신의 문장을 읽어주며 부연 설명을 하다 보니 자연스레 입이 떨어지고 고개를 끄덕이며 서로에게 집중하게 되었다. 반짝이 스티커를 8개씩 받아 들고, 모두 일어서서 회의실을 돌아다니며 가위바위보를 했다. 이긴 사람은 진 사람에게 스티커를 붙여주며 칭찬의 말을 건네는 놀이이다. 가위바위보에서 질 때마다 칭찬과 스티커가 계속 쌓인다. 제일 늦게까지 스티커를 손에 들고 있는 사람이 승자가 되어 푸짐한 상품을 받는다.

교직원 수가 90명이 넘는 큰 학교다 보니 새로 오신 선생님이 아니더라도 이럴 때가 아니면 대화 나눌 기회가 없는 분들이 많다. 오랜만에 마주하는 선생님들과 다짜고짜 가위바위보를 하고는 칭찬을 투척! 이게 뭐라고 순식간에 왁자지껄~ 폭소가 팡팡 터진다. 사서 선생님은 미소가 예쁘다는 칭찬에 주책없이 웃어버렸다. 말하는 사람도 듣는 사람도 슬금슬금 긴장이 풀어진다.

새로 오신 선생님께는 어떤 칭찬을 건네야 할지 난감해

서 좀 졌으면 좋겠다고 생각했지만 나는 꼭 가위바위보를 이겨버렸다.

"음… 인상이 좋으세요~."

그리고 또 이겼다.

"아… 어… 그 슬리퍼 정말 따뜻하겠네요~."

앗… 아니… 칭찬 실패. 풉. 괜찮다. 말하는 사람도 듣는 사람도 무람없이 클클클 웃었다. 그렇게 두어 개의 게임을 더 하고서야 회의실은 조용해졌다. 검정, 회색, 빨강, 민트… 회의실을 가득 채운 선생님들의 다채로운 옷 색깔만큼 싱그러운 공기가 회의실을 편안히 감쌌다. 코로나 이후 제일 화려한 시작이다.


아직 겨울방학 기간이라 급식이 없는 관계로 점심은 학교 인근 식당을 예약해서 활용했다. 걸어서 갈 수 있는 거리에는 이 많은 인원이 한꺼번에 다 들어갈 수 있는 식당이 없다. 교무행정원이 인원을 적당히 쪼개어서 식당을 배정해 주었다. 회의실 벽에 붙은 식당 표를 보면 오늘 누구랑 어느 식당에 가야 하는지 확인할 수 있다.

이 배정 표에는 정성이 숨어있다. 사실 아무하고 아무 식당에 가는 것이 아니다. 동학년끼리, 비교과 선생님들끼리, 친분이 있는 선생님들이 찢어지지 않게, 새로 오신 분들을 같이 챙겨가는 역할을 할 사람도 콕. 콕. 어제, 오늘, 내일 가는 식당이 겹치지 않게 골고루 배정되어 있다. 우리는 정말 이 교무

행정원을 사랑하지 않을 수 없다. 덕분에 매년 새 학년 주간의 점심은 선물세트 같다.

이번에 새로 오신 보건, 상담, 특수 실무원 선생님은 나와 함께 식당으로 향했다. "날씨가 좋네요~, 벌써 봄 같아요~, 어머 식당이 가깝네요~." 등 팥죽 전문점까지 걸어가는 동안 나누는 시답잖은 담소가 걸음의 보폭만큼 서로의 마음을 가깝게 만들어 준다.

먼저 와서 식사 중이신 관리자분들에게 인사를 건네며 자리는 자연스럽게 멀찍이 잡아 앉았다. 편안한 식사를 위한 기본 센스다.

여선생님들은 하나같이 날씬하거나 다이어트 중이므로 음식 주문을 할 때는 머쓱한 얼굴로 앉아있는 다이어터들을 대신해 오랜 근무경력을 뽐내며 교통정리에 나서줘야 한다.

"이 집은 칼국수도 팥죽도 양이 엄청나니까 소식좌라면 감안해서 주문하셔야 해요. 양이 적은 메뉴는 만두예요. 네~ 그럼 제가 만두를 시켜서 나눠드릴 테니 팥죽이랑 칼국수를 조금씩 덜어서 같이 먹기로 해요."

칼국수와 팥죽이 담겨 나오는 세숫대야 같은 그릇을 보자마자 다들 나에게 엄지를 치켜들었다. 맛있는 음식을 먹는 동안, 그리고 부른 배를 두드리며 돌아오는 동안 질문이 이어진다. 이전 학교의 경험, 새 학교에 대한 걱정과 기대 등이 대답과 뒤섞여 탐색전이 흥미진진하다.

오후라고 졸릴 새는 없다. 지난 교육 과정을 함께 톺아보며 새로 오신 선생님들의 새 학교에 대한 이해를 돕고 부서별 안내사항을 전달하느라 시간이 빠듯하다. 학년부장 선생님들은 작년에 열심히 운영했던 1년간의 교육과정들을 소개하며 목에 힘을 준다. 하지만 새 학기에도 작년과 똑같이 운영하자는 뜻은 아니다. 참고는 하되 새로운 경험과 아이디어, 날카로운 의견 등을 끌어내기 위한 회의로 순서가 이어진다.

나는 선생님들이 회의실을 드나들며 구경할 수 있게 '경남독서한마당 공모전' 선정도서들과 '온책' 선정에 도움 될 만한 자료들을 입구 쪽에 미리 전시해 두었다. 그리고 부서별 안내 시간에 도서관 예약 방법, 독서 이력 관리와 찾아가는 북트럭, 상호대차 서비스 등 도서관 이용에 필요한 정보와 협조사항을 전달했다. 공모사업을 같이 할, 독서동아리를 같이 할, 협력 수업을 함께 할 선생님도 동시에 물색해야 하기에 최대한 눈을 반짝이며 설명했다. 새 학년 맞이 주간은 은근히 설레면서 동시에 부담스러운 시간이다.

이곳에서 사서는 상담, 특수, 보건 등 비교과 선생님들과 함께 업무협력팀에 속한다. 담임선생님이 아이들과의 수업 준비에 집중할 수 있도록 교무실 부장 선생님들과 함께 여러 가지를 지원한다. 올해는 전근 오신 선생님들의 빠른 적응을 돕기 위해 자진해서 '알.쓸.잡' 유인물을 만들어 나눠주는 선생님도 있다. 건물이 3개나 되는 거대한 학교의 교실 배치도, 물품 구입 사이트의 아이디와 비번, PC 고장 시 대처 방법, 학교 와

이파이 비번, 쓰레기 배출일, 전결 규정 등 사소하지만 모르면 불편한 정보들이 꼼꼼히 적혀있었다.

나는 매년 자진해서 교직원들의 사진을 받아 얼굴과 이름, 학급이 매칭될 수 있게 A4용지 한 장에 정보를 정리해서 나눠준다. 도통 사람 이름을 잘 못 외우는 나는 이게 없으면 누가 누군지 늘상 헷갈리기 때문에 우선 내가 너무 필요해서 만들기 시작했다. 교직원이 워낙 많아서 쉬운 일은 아니지만 한 번 만들어 놓으면 일 년 내내 유용하다. 이러니 새 학기는 다들 퇴근이 늦어지기 일쑤다.

교감선생님이 먼저 칼퇴근을 하며 본을 보이신다. 제발 그만 퇴근하라고 여기저기 잔소리를 던지신다. 쫓기듯 건성으로 네~ 네~ 대답만 할 뿐 키보드에서 손을 떼는 선생님은 별로 없다. 교내 메신저로 벌써 퇴근 인사까지 나눴지만 욕심이 나를 놔주지 않는다. 조금만 더…, 어… 요것만 마저…, 아…. 아들의 저녁밥 독촉 전화벨이 울리면 어쩔 수 없이 남은 욕심은 내일의 나에게 전달하고 PC 전원을 종료해야 한다.


여기 '행복학교'가 유난히 바쁘다는 소문이 있다. 내가 봤을 때 소문은 사실이다. 하지만 이런 자발적 업무 수행으로 인한 바쁨은 나쁘지 않다. 새 학기의 긴장과 기대가 뒤섞여 교실마다 회오리치는 게 느껴진다. 그 속에서 함께 춤을 추는 것 같다. 물론 내 감상과 판이하게 다른 평가를 하는 교직원도 존재하지만 적어도 지금의 나는 이렇게 느꼈다. 올해 새 학기 분위기가 마음에 드는 것인지 드디어 사서의 일에 적응한 것인지 일이 힘든데 왜 즐거운 것인지 잘 모르겠다. 여하튼 나는 가물거리는 옛 노래를 흥얼거리며 늦은 퇴근을 했다.

# 사서 필수 아이템은 분신술

8시 30분. 출근해서 컴퓨터를 켜자마자 특수반 선생님이 도서관을 방문하셨다.

"학교 규칙에 관한 그림책 좀 찾아주세요~."

"네~."

그림책을 두어 권 찾아 대출을 하는 중에 2학년 담임선생님의 메신저가 날아들었다.

"다양한 형태의 가족에 관한 책으로 두 반 분량이 필요한데 도와주세요~."

"50권 정도면 될까요? 이건 시간이 좀 걸려요, 언제까지 필요하세요?"

메신저에 답장을 보내자마자 5학년 담임선생님의 전화

가 울렸다.

"시조 공모전 출품작을 모아놓은 책이 있을까요?"

"음… 있었던 것 같은데요~. 한번 찾아봐야… 잠깐만요."

전화 통화 중에 6학년 담임선생님이 도서관 문을 열고 들어선다.

"지난주에 안내해 주셨던 독후감 대회를 학생들에게 권해 보려는데 지정 도서가 여기 있나요?"

"있긴 한데, 지금 두 권은 대출 중이고요…."

대화 중에 3학년 담임선생님의 메신저가 도착했다.

"지난달 학급문고 대출 목록 파일 좀 보내주세요."

메시지를 열어보지도 못했는데 4학년 담임선생님의 다음 메시지가 쌓인다.

"국어사전 몇 권까지 대출 가능한가요?"

지금 남아있는 게 몇 권이더라… 기억이 미처 소환되기도 전에 갑자기 학부모님이 눈앞에 나타났다.

"선생님 오늘 학부모 독서교육 9시 50분부터 맞죠? 장소는 어디인가요?"

"아 네! 맞아요! 어… 엄청 일찍 오셨네요…."

시계를 힐끔 보는데 도서 납품 업체 사장님의 전화가 왔다.

"사서 선생님~ 오늘 오전 중에 신간도서 도착할 겁니다."

가끔 이런 날이 있다. 숨이 턱 끝까지 차오르는 기분이 들지만 산산이 흩어지는 정신을 바짝 부여잡아야 한다. 곧 수업 시간이 되면 1교시를 예약한 학급의 학생들이 들이닥칠 것이고 그들의 질문 공세 틈에서 독서교육과 신간 검수라는 일관성 없는 업무를 일관성 있게 처리해야 하기 때문이다.

이용자들의 민원은 늘 불시에 다양하게 들이닥친다. 도통 업무에 연속성이라고는 없다. 배구의 시간차 공격 기술이라도 전파해야 하나… 혼자 중얼거리는 날이 있다. 그런 날이면 대기 번호표 발급 기계의 가격을 검색하고 싶은 충동을 억누르며 조용히 주문을 외운다.

'요리조리 얄라숑 수리수리 분신수울~!!!!'

초등학교 도서관의 시간은 파도 같다. 업무가 밀물처럼 막무가내로 쏟아질 땐 휩쓸려가지 않으려고 나도 모르게 어금니를 꽉 깨물고 있다. 그러다 어느 순간 아이들이 썰물처럼 빠져나가고 나면 깊은 바닷속 같은 고요함에 정신을 차린다. 그제야 어금니를 너무 세게 물고 있었다는 걸 알아챈다. 나는 어느새 거북이처럼 되어버린 거북목과 욱신거리는 손목을 주무르며 턱관절을 이완시켜 본다. 언젠가는 능숙한 서퍼처럼 여유롭게 파도타기를 즐길 수 있게 되기를 바라며.

# 응급수술의 명의가 되기까지

"선생님 여기 좀 봐주세요!! 정말 심하게 찢어졌어요!"

"헙! 일단 책상 위로 옮겨볼게요. 이거 정말 심각한데….
바로 수술 들어가야겠어요! 보호자님은 여기서 좀 기다려 주
세요."

"네? 제가 보호자예요? 아… 선생님 여기는 완전히 떨
어져 버렸는데 괜찮을까요? 이거 진짜 제가 그런 건 아니에
요…."

"걱정 말고 조금만 기다려 주세요."

누가 이렇게 만든 것인지, 일부러 찢은 것인지 진상을 밝
히는 건 불가능하므로 따져 묻거나 조심 좀 하지… 식의 타박
하는 잔소리는 할 필요가 없다.

"휴~ 수술 잘 마쳤습니다. 지금 회복실에서 대기할 시간은 없을 것 같고… 자. 보호자님의 역할이 정말 중요하니까 지금부터 잘 들으세요. 점심시간 전까지는 절대! 절대! 펼치면 안 돼요! 수술 부위를 한 번씩 꾹꾹 눌러 주시고요. 이번 수술의 성패는 보호자님 손에 달려 있습니다. 할 수 있죠?"

"아… 네. 네! 그럼요! 저 잘할 수 있어요!"

긴급 책 보수 상황극이 마무리되었다. 찢어진 책을 들고 울상이었던 소영이의 얼굴이 활짝 피었다. 수술을 마친 그림책은 본드가 채 마르기도 전에 대출되어 맡은 바 소임을 수행하러 떠났다. 하드커버와 책 알맹이가 완전히 분리된 부분은 제본용 본드를 바르고, 찢어진 책장은 보수 전용 테이프로 모양을 잘 맞춰 붙였다. 인기가 많은 책들은 이렇게 회복실에 입원할 새도 없이 '사서 응급실'을 스쳐 지나간다.

제일 여닫기 편한 책상 오른쪽 수납장에는 틈틈이 사용하기 좋도록 다양한 보수 장비들을 정리해 두었다. 대형 스테이플러, 길이와 두께가 다양한 전용 테이프, 제본용 본드, 북커버, 스퀴지, 칼, 가위, 프레스기 등. 장비들을 상황에 맞춰 적절히 활용하며 책을 고치다 보면 내 품을 떠났던 책이 다녀왔을 도서관 밖을 상상하게 된다. 무거워서 쿵 떨어트릴 때 모서리가 찌그러졌겠구나…. 물에 젖었다가 마르면서 들러붙고 찢어졌구나…. 책장을 급히 넘기다가 찢어졌구나…. 처음부터 제본이 약하게 되어있던 책이구나…. 이건 일부러 찢었구나…. 상처를 안고 돌아온 책이 수술에 성공하면 훈장 같은 흉

터가 남고, 드물지만 수술에 실패하면 폐기가 된다.

쉬는 시간마다 패잔병 같은 책 앞에서 도서 수리의 명의로 거듭나고 있는 나를 보던 도서부 반장이 볼멘소리를 한다.

"사서쌤! 우리 도서관 책들은 불쌍해요. 새로 들어온 지 얼마 안 됐는데도 이렇게 찢어지고 너덜거리는 책이 많잖아요. 이『공룡 기네스북대런 내시』책은 정말 너무 많이 빌려 가는 것 같아요. 서가도 만날 어질러지고!"

"글쎄~ 불쌍해 보이지는 않는걸~? 어쩌면 영광의 상처가 아닐까? 책등이 떨어져 나갈 정도로 대출 돼 봤어? 10장 이상 찢어진 적 없으면 말을 말어~ 이러면서 한 번도 대출되지 못한 책들에게 으스댈지도 몰라~. 먼지나 품고 있는 책들은 모서리가 너덜거리는 책들이 부러울걸?"

한번 정리해 두면 아무도 어지르지 않는 서가. 코로나가 한창일 때 그 끔찍한 고요함을 경험해 본 사서로서 장담컨대 몇 년째 책들이 꼼짝없이 가지런한 도서관은 망한 곳이다. 아무도 읽지 않는다면, 어디에도 쓰임이 없다면 반짝반짝 낙서 하나 없이 깔끔한 게 다 무슨 소용이란 말인가! 내가 만약 아무도 펼쳐보지 않아서 찍 소리가 나는 먼지 얹힌 책이라면 정말 '공룡 기네스북'이 부러울 것 같다. 진심이다. 살면서 그런 순간이 종종 있다. 선택되기를 기다리는 마음, 자신이 품은 기량을 펼쳐볼 기회를 간절히 바라는 마음을 품는 순간 말이다.

2018년 3월 어느 봄날. 교육청 2층 사무실에서 사서 채용 면접을 보던 날이었다. 면접관들의 질문이 끝나고 면접실을 나서기 전 나는 침을 꿀꺽 삼킨 다음 면접관들을 둘러보며 마지막으로 꼭 하고 싶은 말이 있는데 해도 될지 질문했다. 면접관들은 시키지도 않은 말을 하는 나이 많은 지원자를 의아한 눈으로 바라보며 마지못해 잠깐의 시간을 허락해 주었다.

"저는 오랜 시간 사서를 꿈꾸며 도서관 언저리를 맴돌았습니다. 사서가 된다면 도서관에서 해 보고 싶다고 생각했던 업무가 정말 많습니다. 오늘 저 아닌 누구를 뽑으셔도 저만큼 도서관 업무에 애정을 가지고 임할 수 있는 사람을 찾을 수 없으실 겁니다. 제가 어떤 사서가 될 수 있을지 궁금하지 않으신가요? 저를 채용해서 꼭 확인해 보십시오. 저는 이 일자리가 꼭 필요합니다!"

물론 이렇게 조리 있게 말한 건 아니지만 대충 이런 내용의 말을 낯 뜨거운 줄 모르고 간절히 늘어놓았던 것 같다. 창피함은 문제 되지 않았다. 영원히 책꽂이에 가지런히 꽂혀있고 싶지 않다면 가끔은 망설임 없이 손을 번쩍 들어야 하는 순간이 있기 마련이다. 당연히 그 오만방자한 멘트 덕분에 채용이 된 것은 아니겠지만 면접실을 나서는 당시의 내 마음은 결과와 상관없이 흡족했다. 여하튼 나는 글빛누리도서관에서 도서 수리의 명의로, 사서로 쓰임을 다 하고 있다. 내가 공들여 사 모은 책들도 기꺼이 너덜너덜해지도록 우리 아이들과 서가 밖을 돌아다니면서 유용하게 쓰였으면 좋겠다.

# 성교육은 자연스럽게

언론 매체에서 학생들의 성과 관련된 이슈가 터질 때면 학교에 학부모님들의 문의가 이어진다.

"우리 학교는 성교육이 어떻게 이뤄지고 있나요?"

아무리 큰 학교라도 보건교사는 단 1명. 보건 선생님은 고학년 위주로 성교육 수업을 들어가지만 그마저도 충분하지 않다. 학부모님들은 도서관으로 시야를 돌렸다.

"우리 학교 도서관에는 성교육 도서가 없는 것 같던데요. 좀 신경 써주시면 좋겠어요."

"아… 없지는 않은데요…."

매년 성교육 도서를 들이고 있었지만 몇 권이 있는지 세어본 적이 없어서 제대로 된 대답을 하지 못했다. 성교육 도서의 현황을 살펴보니 50여 권이나 있었지만 서가 곳곳에 흩어져 있어서 정성들여 검색하지 않는 이상 눈에 잘 띄지 않는 것도 사실이었다. 나는 고심 끝에 '성교육 도서'코너를 새로 마련했다. 진심으로 성이 궁금한 아이들은 성교육 도서 대출을 무척 부끄러워하기 때문에 아이들 시선에서는 구석이고, 대출/반납 데스크에서는 아이들이 잘 보이는 출입문 맞은편 복도 한켠으로 위치를 정했다. 내 나름대로 아이가 구석진 곳에서 혼자 조용히 볼 수 있도록 배려한 것이다. 그렇게 신중하게 코너를 마련했지만 처음에는 크게 시선을 끌지 못했다.

그날은 유난히 소란스러운 점심시간이었다.

"선생님! 동진이가 야한 사진 검색했어요! 동진이 변태예요! 우리는 그런 거 보면 안 된다고 했는데 동진이가 자꾸 보라고 했어요!"

도서관 복도에 서있던 3학년 남학생 4~5명이 동진이 등을 떠밀며 우르르 도서관으로 몰려들어와 사건 현장을 내게 일러바쳤다. 엄청난 일을 벌인 동진이가 그에 응당한 처벌을 받아야 한다는 굳은 의지를 담은 증언들이 쏟아졌다.

"동진이가 휴대폰 검색 창에 '야한 사진, 고추, 여자 몸' 이런 거 검색해서 우리더러 억지로 보라고 시켰어요!"

키득거리는 아이, 놀란 아이, 소리 지르는 아이들 틈에서 내가 얼른 시원한 대답을 하지 못하고 머뭇거리는 틈에 남학생들의 소란은 순식간에 번져나갔다. 옆에서 보고 있던 여학생들은 소란을 퍼다 나르기 시작했다.

"동진이가 변태래!"

"왜?"

"몰라~."

동진이는 벌게진 얼굴로 자신은 그런 적이 없다고 손을 내저었지만 증인이 너무 많았다. 동진이는 궁지에 몰렸고, 여학생들은 신이 났다. 이번 학기에 동진이의 별명이 '변태'로 굳어질 확률이 만 퍼센트로 치솟고 있었다.

어… 나는 순간 머리가 멍했다. 성과 관련된 문제로 학생들과 대면하는 일이 처음이었던 터라 사실 매우 당황스러웠다. 옆에 서 있던 학부모 도서 도우미 역시 어떤 대답이 좋을지 고민스러운 표정을 지으며 내 입만 바라보셨다. 그때 성교육 코너가 눈에 들어왔다.

"내일 점심 급식 메뉴가 뭔지 아는 사람? 없어? 선생님은 아까 그게 궁금해서 학교 홈페이지에 들어가서 검색했었는데. 뭐든 궁금하면 검색해 볼 수 있는 거야. 동진이는 오늘 여자 몸이 궁금했었구나?"

동진이는 빨간 두 볼을 좌우로 흔들었다. 딱히 궁금했던 건 아닌데 다른 남학생들이 여자 고추가 어떻게 생겼는지 아냐고 묻기에 검색해서 보여 준 것뿐이라고 기어들어 가는 소리를 했다.

"선생님! 그래도 '변태'라는 말은 나쁜 말이잖아요~. 그런 말을 검색하는 건 나쁜 짓이에요!"

제보자들은 물러서지 않고 눈을 부릅떴다.

"그래. 그건 나쁜 뜻을 가진 말이야. 그렇게 나쁜 말을 친구에게 붙인 사람들이 있었는데~ 아까 누구였더라~? 너희 중에 변태의 정확한 뜻을 아는 사람 있니?"

순간 조용해졌다.

"그럼 너희들 중에 여자 몸이 남자 몸과 어떻게 다른지 정확히 알고 있는 사람은 있어? 없구나…! 동진아 그래서 검색으로 필요한 정보를 정확히 찾았니? 딱히 없었어? 아이고~ 진작 선생님한테 물어보지 그랬어~. 성에 대해 궁금증을 가진 친구들이 너무 많아서 딱 맞는 책들을 모아놨거든! 자 다들 이리 와 봐. 오늘 말 나온 김에 한 권씩 읽고 가자. 정말 정리가 잘 되어있는 좋은 책들이 많아~. 너는 『안녕, 나의 사춘기<sub>안치현</sub>』 너는 『이상한 곳에 털이 났어요<sub>배빗 콜</sub>』 너는 『아기는 어떻게 생겨요<sub>파울린느 아우드</sub>』 너는….`"

우르르 서 있는 남학생들을 성교육 코너에 꾹꾹 눌러 앉히고 오늘 꼭 다 읽고 가라며 손에 성교육 책을 한 권씩 들려주었다.

"모르는 것을 검색하는 건 나쁘지 않아. 다만 친구가 싫다고 말했는데 억지로 보라고 강요한 행동은 나빴어. 동진아 다음부터는 친구에게 강요하지 말자! 그리고 성에 관해서는 인터넷보다 여기에 더 정확한 자료와 사진이 많으니까 꼼꼼히 읽고 궁금증 싹 해결하고 가자!"

소란스럽던 남학생들은 엉겁결에 손에 든 성교육 책을 보는 둥 마는 둥 흩어졌고, 동진이도 곧 자리를 떠났다. 아이들은 더 이상 동진이를 변태라고 부르지 않았다. 다행히 사건은 시들하게 마무리되었지만, 시끌벅적하게 성교육 코너 개장식을 한 덕분에 그 뒤로 꼬마 손님들이 말없이 들러 두어 권 진지하게 읽고 가기 시작했다. 조용히 친구들을 데려와 책을 소개해 주는 모습을 곁눈질로 살피며 못 본체 해 준다. 대출 실적에 잡히지 않지만 이제는 은근히 인기 있는 코너가 되었다.

초등학교 도서관은 초등학생들이 자신들에게 필요한 정보와 지식을 스스로 찾는 연습을 자연스럽게 할 수 있는 첫 번째 공간이자 가장 가까운 곳이다.

# 만들기 행사의 끝은 예쁜 쓰레기

이곳은 천여 명의 학생과 교직원이 함께 생활하는 초등학교이다. 하루에 쏟아지는 우유팩이 최소 600개, 20리터짜리 종량제 쓰레기봉투만 평균 15개 이상 배출된다. 급식에 요구르트라도 나오는 날에는 플라스틱 요구르트 병이 천 개가 넘는다. 뭔가 '만들기' 수업을 하고 나면 분리수거장에 엄청난 쓰레기가 쌓이는 것은 정해진 순서이다. 기껏 음료수 병에 붙은 비닐을 칼로 뜯어 도서관 계단 아래 쓰레기 분리수거장에 들고 갔다가 그곳에 쌓여있는 거대한 쓰레기 더미 앞에서 무력감을 느끼는 날이 잦았다.

코로나 사태 덕분에 초등학교에 입학할 때부터 마스크를 쓰고 등교한 아이들이 벌써 4학년이 되었다.

"친구가 마스크를 벗고 있어서 못 알아봤다니까요."

2020년에 중학교에 입학한 작은 아들은 결국 마스크 벗은 친구와 수업 한 번 못해보고 중학교를 졸업을 했었다. 이 아이들에게 어른으로서 너무 미안했다. 마음에 짐을 조금이라도 덜어 보고자 빨아 쓰는 마스크를 사용하고, 장바구니와 텀블러를 휴대하고 다닌다. 빨래는 모아서 세탁기를 돌리고, 과대 포장된 제품이나 일회용품은 가능한 구매하지 않는다. 옷이나 신발의 소비를 줄이고, 가까운 거리는 무조건 걸어간다. 이렇게 작은 실천을 하면서 마음에 위안을 삼았더랬다.


2학기를 마무리하면서 그동안 진행했던 도서관 행사 사진들을 정리했다. 뭐든 손에 쥐여 주면 즐거워하는 아이들을 보는 게 행복해서 그랬을까? 가방, 책갈피, 등, 가면… 뭔 만들기 행사를 그렇게나 했던지. 지난 행사 사진들을 보며 문득 깨달았다. 환경보호 한답시고 앞으로 소소하게 실천하고 뒤로 크게 훼손하고 있었구나! 내가 아이들의 손을 빌려 열심히 쓰레기를 대량 생산했었다는 사실을 알아차리는 순간 엉터리 성적표를 받아 든 것처럼 부끄러웠다.

3년 전부터 도서관에 들어오는 책 중에는 시들어가는 지구의 환경오염을 고발하고 환경보호를 위해 자성의 목소리를 높이는 책이 부쩍 많아지고 있다. 스웨덴의 어린이 환경운동가 그레타 툰베리의 이름을 딴 책 제목은 또 어찌나 많은지 당황스러울 징도다. 각종 추천도서 목록에도 환경보호와 관련된 책이 꼭 빠지지 않고 다수 포함되어 있다. 하지만 대출은 별로 이뤄지지 않으며 수업에도 크게 활용이 안 되는 편이다. 환경 보호를 주제로 한 수업에는 보통 재활용품이나 시중에 판매되는 '만들기 키트'를 사용해서 무언가를 만든다. 수업이 끝나면 완성품 만큼의 쓰레기가 비닐, 종이, 플라스틱 등 찬란하게 탄생한다.

두 아들이 유치원과 초등학교에서 만들어 왔던 우유곽 연필꽂이, 페트병 화분, 골판지 시계, 캔버스 보조가방 등이 추억이라는 이름으로 서랍 구석에 차곡차곡 쌓여있었다. 자리만 차지하는 그것들을 얼마 전 종량제 봉투에 가득 담아 버렸다. 글루건으로 붙이고 테이프로 감아가며 만든 재활용 작품들은 시간이 조금만 지나면 금세 너덜너덜 찢어지고 떨어져서 지저분했기 때문이다. 대다수의 재활용 작품들은 분리수거도 안되는 예쁜 쓰레기가 되어 버렸다.

환경보호라는 목표는 좋은데 방법이 뭔가 맞지 않다. 가방이고 책갈피이고 뭐든 흔한 세상이라 도통 물건으로 감동을 주기도 어려운 요즘이다. 군이 도서관에서까지 재활용도 안되는 만들기를 할 필요는 없겠다는 다짐을 해 본다.

이번에 여름방학 행사 선물로 준비한 과자선물세트는 도서부 반장과 함께 예쁜 비닐 포장지 대신 신문지로 돌돌 말아 포장했다. 시커먼 신문지에 싸여진 선물을 받아드는 학생들이 신문 포장지의 의미를 알아차릴지 모르겠다. 가능하면 손에 들고나가는 경험 말고, 머리와 가슴에 담아 가는 경험을 제공하는 도서관을 만들고 싶다.

# 공짜의 역습

1학년 새 학기 봄날의 '도서관 이용자 교육' 첫날. 아직 혀 짧은 소리로 인사를 하는 신입생들이 잔뜩 긴장한 채로 딱딱한 도서관 의자에 모여 앉았다.

"한 사람이 3권까지 빌려 갈 수 있고, 일곱 밤 동안 책을 가지고 있을 수 있어요. 자 지금부터 대출을 해 볼게요~."

"음…. 선생님~. 저기~. 어…."

왼쪽 엄지손톱을 야금야금 물어뜯던 아이가 불안한 눈동자를 올려 뜨며 조심스레 물었다.

"돈이 없어서요…."

"응? 뭐라고?"

"책 빌리는 거 얼마예요? 저 오늘 돈을 안 가져와서요…."

매년 한두 명은 꼭 하는 질문이다. 벌써 뼛속까지 자본주의에 길들여진 8세 아동에게 '무료'라는 대답을 해주면 그제야 아이는 크게 안도의 숨을 내쉰다. 그리고는 다시 깜짝 놀란 눈으로 질문한다.

"와~! 선생님 엄청 부자인가 봐요?!"

벌써 5년째 큰 부자라는 오해를 받고 있다.

부자와 빈자, 남녀노소 모두에게 평등한 이용을 허락하는 몇 안 되는 공공시설로 놀이터, 공원, 도서관 등이 있다. 그중 도서관은 1학년 학생의 자본주의적 편견을 깨고 전자책, 종이책, 잡지, 신문, DVD, 각종 강연 및 독서교육 등이 모두에게 무료로 제공되는 곳이다. 이 공간을 잘 활용하는 것이 민주시민의 당연한 권리이자 의무라고 처음으로 가르쳐 주는 곳이 초등학교 도서관이다. 하지만 권리와 의무가 잘 병행되지 않는 곳이기도 하다.

얼마 전 학부모 독서교육의 일환으로 『대통령의 글쓰기』로 유명한 강원국 작가님을 모시고 '읽고, 쓰고, 말하기'에 대한 강연회를 진행했다. 지방 소도시에서 쉽게 접할 수 없는 강연이기에 사전 접수를 할 때부터 학부모님들의 반응이 뜨거웠다. 준비된 110석이 선착순으로 모두 마감되었다. 적지 않은 품과 예산을 들여서 기획한 강연이 학부모님들에게 유용하기를 기대하며 사전 안내 문자까지 발송하는 등 꼼꼼히 준비했다. 하지만 막상 행사 당일 40%의 좌석이 비었다. 사전에 불

참 연락을 한 참가자는 단 3명. 덕분에 참여를 희망했던 대기 인원 30여 명의 참여 기회가 사라졌다. 학교에서 무료 행사를 진행하다 보면 흔히 있는 일이다.

아이들도 어른과 크게 다르지 않다. 도서관에는 아이들의 다양한 활동을 위해 큐브와 색종이, 공기놀이, 실뜨기 등 책 이외에 다양한 놀이감을 무료로 제공하고 있다. 큐브는 저학년들이 수시로 던지고, 알맹이를 잡아 뽑는 통에 학기마다 새로 산다. 색종이는 종이접기용이지만 그냥 낙서하거나 구겨버리기 일쑤다. 공기놀이 알맹이는 수시로 사라지고, 실뜨기는 늘 엉망으로 엉켜있다. 도서부 아이들이 쉬는 시간마다 관리하고 있지만 사용 예절은 좀처럼 나아지지 않는다.

한번은 도서관 앞 복도 바닥에 널브러진 책을 주워 돌아서는데 그 옆에 떨어진 다른 잡지를 무심히 즈려밟고 지나가는 아이들을 보며 소스라치게 놀랐다. 여러 사람이 함께 읽다 보면 책이 낡고 해지는 것은 당연하지만 파손도서의 상당수는 부주의함으로 찢어지거나 젖은 책들이다. 몇 달째 연체 중인 도서들은 연체 도서인지 분실 도서인지 정체성이 모호하다.

뭐든 흔한 세상이라 그런 것인지, 무료라서 귀하지 않은 것인지 잘 모르겠다. 이용자 교육도 해 보고, 안내 문구도 써 붙여 보지만 신입생이 들어올 때마다 도루묵이고, 알만하면 졸업해 버린다. 연필도, 물병도, 점퍼도 잃어버리는 이는 많지만 찾으러 오는 이는 없는 도서관의 풍경이 이제는 낯설지 않다.

지금이야 도서관 무료 이용이 너무 당연해서 피식 웃음이 나올 이야기이지만 사실 조금만 시간을 거슬러 올라가 보면 도서관이라는 곳이 처음부터 공공성을 띠었던 것은 아니다. 내가 어렸을 때만 해도 소액이었지만 도서관 입장료라는 것이 있었고, 폐가식으로(사서만 서가에 접근할 수 있는 형태) 운영되는 도서관도 제법 있었다.

좀 더 거슬러 올라가면 여성이라는 이유로 도서관 이용이 금지되던 시절도 있었다. 그 옛날, 책이라는 것이 양반과 왕족, 성직자 등 특권층의 전유물인 때도 있었다. 아랫것들은 감히 글을 배우는 것조차 허락되지 않던 그 시절의 책이란 가문 대대로 전해 내려오는 귀한 재산이었다. 당시 백성들의 삶은 공공연히 천한 곳에 위치해 있었다. 도서관이 공공의 영역으로 넘어와 시민의 권리가 되기까지 결코 쉽지 않은 역사가 존재했음을 우리는 기억해야 한다.

집이 어질러져 있으면 집 주인이 청소를 한다. 차가 고장 나면 차 주인이 수리점을 찾아간다. 뭐든 관심 가지고 관리하며 사용하는 사람이 그것의 주인이다. 구경만 하는 사람은 주인이 될 수 없다. 도서관의 주인은 누구일까? 사서는 이용자가 도서관의 주인이 될 수 있도록 도와주는 일을 하는 사람이다. 내년에는 사서 선생님이 부자라고 오해하는 학생이 없도록 이용자 교육을 좀 더 꼼꼼히 준비해야겠다.

# '나만의 책 만들기' 공모전

5년 전 글쓰기를 유난히 좋아하는 한 아이가 내게 따지듯 질문한 적이 있었다.

"선생님, 여기는 우리 도서관인데 우리가 만든 책은 왜 없어요? 제가 만든 책도 여기 신간 코너에 전시해 주시면 안 돼요?"

뭐 안 될 게 있나 싶어 허락했더니, 이 꼬마 작가님은 일주일에 한 권씩 어설픈 책을 만들어 와서 전시했다. 뿐만 아니라 쉬는 시간마다 친구들을 불러 모아 작품 해설과 홍보 활동을 겸했다. 정말 놀라운 것은 친구 독자들의 반응이었다.

"이거 봐봐~ 영탁이가 만든 책인데 진짜 재미있어~! 그림도 정말 잘 그렸지?"

"우와~! 그림은 나도 이것보다 더 잘 그릴 수 있겠는데?"

"그럼 우리 같이 만들어 볼래?"

꼬마 작가님들은 쉬는 시간마다 지우개 똥을 쏟아내며 작품 활동에 전념했다. 점점 눈에 보이지 않는 경쟁이 치열해졌다. 독자들의 반응이 없는 날은 시무룩했다가 옆 반 독자들이 몰려오면 자신의 책이 눈에 띄도록 제일 앞쪽에 가져다 놓곤 했다. 그렇게 우후죽순 늘어나는 작품들에 등 떠밀려 나는 결국 공식적으로 '나만의 책 만들기' 공모전을 열게 되었다.

매년 가을 '한글날'이 다가오면 아름다운 한글을 이용해 스스로 쓰고, 읽는 문화를 만들자는 거창한 목표를 운영 계획서에 올리고 '나만의 책 만들기' 공모전을 연다. 주제, 장르, 분량 모두 자율이다. 책의 형태나 소재에도 제한이 없지만 손글씨를 장려하는 차원에서 아날로그 방식으로 진행한다. A4용지 여러 장을 반으로 접어 스테이플러로 고정한 다음, 제일 앞장에 빳빳한 마분지를 표지 삼아 붙이면 가장 인기 있는 책의 형태가 갖춰진다.

꼬마 작가님들은 소설, 그림책, 일기, 도감, 만화, 동시, 잡지 등 정말 다양한 장르의 작품을 시도하는데 소재는 보통 학교나 학원, 가정에서 겪은 일들이 대부분이다. 올해로 벌써 5회를 맞이하는 이 공모전은 이제 도서관에서 가장 큰 연례행사로 자리를 잡았다.

예비 꼬마 작가님들은 '꼬마 작가' 코너에 전시되어 있는 작년 출품작들을 구경하며 올해 어떤 작품을 내면 좋을지 미리 구상하곤 한다. 글 작가와 그림 작가로 역할을 나눠 팀으로 전략을 세우기도 하고, 선배들의 작품을 비평하며 틈틈이 습작을 하기도 한다. 비록 종이 몇 장 접어서 손으로 그리고 쓴 것이지만 전교생을 독자로 두는 '작가'의 반열에 오를 수 있는 흔치 않은 기회이기에 공모전 출품은 아이들에게 제법 명예로운 일이다.

공모전에 전시 작품으로 선정이 되면 2주간 본관 1층에 전시되고, 이후에도 본인이 희망할 경우 내년 공모전이 시작되기 전까지 일 년 동안 도서관 복도에 있는 '꼬마 작가' 코너에 작품을 전시할 수 있다. 올해의 작품 심사는 졸업한 도서부 선배님들이 수고해 주기로 했다. 심사는 초등학생의 정서에 반하는 잔인하고 폭력적인 작품을 걸러내는 과정이다. 욕이나 비속어, 외래어를 너무 많이 사용했거나 장난으로 낙서한 듯한 작품도 탈락이다. 딱히 등수가 없는 공모전이지만 마음에 드는 작품에 하트 스티커를 선물하는 독자들 덕분에 해마다 최고 인기 작품이 한, 둘 지목되곤 한다. 꼬마 작가님들은 자신의 작품이 인기를 끌기 바라며 전시장 앞에서 작품을 설명하고 홍보하는 등 독자와의 대화를 시도하기도 한다.

초등학교 인기 작품의 첫 번째 조건은 매력적인 표지이다. 표지가 눈길을 끌지 못하면 내용이 아무리 훌륭해도 좀처럼 독자들의 손길이 닿지 않는 통에 내용에만 집중했던 꼬마 작가님들이 뒤늦게 애간장을 태우기도 한다. '꼬마 작가' 코너의 책은 초등학생 작품답게 대부분 글씨도 삐뚤빼뚤 맞춤법도 틀린 부분이 많고 내용도 허술한 경우가 많지만 학생들에게는 언제나 인기 만점이다. 자신이 책을 만들면 이 정도는 만들 수 있겠다는 둥, 이 언니는 정말 실력자라는 둥, 이 책을 참고해서 비슷한 형식으로 만들어 보고 싶다는 둥, 누구보다 누구 작품이 어떤 이유에서 더 훌륭하다는 평가까지. 글을 좋아하는 아이들은 틈틈이 꼬마 작가 코너 앞에서 진지하게 꿈을 키운다. 다른 어떤 출판물에서도 볼 수 없는 자신들의 내밀한 날 것을 즐기고 감상하는 것이다.

해를 거듭할수록 솜씨 좋은 삽화와 흥미진진한 스토리, 눈길을 잡아끄는 제목 등 작품의 수준이 좋아지고 출품작이 많아졌다. 공모전 심사가 매년 점점 더 힘들어지는 것을 느끼며 공모전의 위상이 높아지고 있음을 실감한다. 덕분에 세상에 단 하나밖에 없는 꼬마 작가님들의 작품을 잘 보관하고 전시하는 것은 여간 신경 쓰이는 일이 아니다.


결국 지난 겨울 어느 아침에 염려하던 일이 처음으로 벌어졌다. 9시 수업 시작 전에 책을 대출/반납하기 위해서 수십 명의 학생들이 뒤엉켜 북새통을 이루는 바쁜 시간이었다. 그때 5학년 학생 두 명이 반으로 두 동강 나버린 전시 작품을 손에 들고 뛰어 들어왔다.

"선생님!!! 저기 1학년들이 '꼬마 작가' 코너에 책을 찢어서 쓰레기통에 버렸어요~! 이거 제가 쓰레기통에서 주워온 거예욧!"

이렇게 작정하고 작품을 훼손할 것이라고는 상상해 본 적이 없었기에 눈으로 보고도 믿을 수 없었다. 5학년 학생 손에 들려진 책 조각과 얼음이 되어 멈춰 서버린 나를 아이들이 놀란 눈으로 번갈아 보았다. 소란스럽던 도서관에 일순간 정적이 흘렀다. 나는 겨우 일그러진 입을 열었다.

"누가 이런… 왜….”

"1학년이 찢었어요!"

"그 학생 이름 제가 알아요!"

"6학년 신○○이가 이 책은 재미없으니까 찢어도 된다고 옆에서 부추겼어요!”

"1학년 박○○이 찢어진 걸 쓰레기통에 버렸어요!"

"제가 안 된다고 말했는데 벌써 찢어버렸어요!"

복도에서 지켜보던 아이들의 성난 제보가 빗발쳤다.

찢어진 책의 제목은 붉게 뚝뚝 흐르는 핏빛 글씨로 쓰인 『무서운 이야기<sub>송준의</sub>』였다. 문제는 표지만 무섭고 내용은 그다지 무섭지 않았다는 것이다. 용의자 세 명이서 '나는 하나도 안 무섭더라! 나는 재미도 없더라~ 그럼 읽을 필요도 없겠네! 그래 찢어버려도 된다! 그럼 진짜 찢을까? 그래 찢어봐라!' 이따위 허세 가득한 대화 끝에 정말로 찢어버렸다는 것이다. 그리고 쓰레기통에 던져 넣기까지!

"선생님 6학년 신○○ 몇 반인지 알아요! 제가 데리고 올게요!"

"선생님 제가 김○○이랑 박○○ 데리고 왔어요!"

내가 어찌하기도 전에 벌써 도서부 학생들이 도망간 용의자 세 명을 소환 조치했다. 대부분의 아이들은 전시된 작품들의 유일성과 소중함을 알고 있기에, 작품을 함부로 다룬 세 아이를 둘러싸고 상당한 불쾌감을 표현했다. 분노하는 여론의 따가운 눈총을 온몸으로 받은 용의자들의 짧은 변명은 목구멍 밖으로 나오다 말았다.

나는 쉬는 시간에 녀석들을 따로 불러서 사건의 경위를 묻고, 엄중히 야단을 치고, 작품의 주인에게 사과를 시키는 반성의 절차를 밟았다. 그나마 다행인 것은 책의 작가인 6학년 학생이 '다시 만들면 돼요~'라며 시원하게 용서해 주었다는 사실.

이 사건을 두고 사서인 나보다 더 화내고, 더 기분 나빠하는 학생들을 보니 갑자기 도서관의 주인이 누구인지가 밝혀졌다. 아이들은 어느새 도서관의 책과, 작품과, 행사와 규칙들을 끌어가고 있었다. 책이 찢어진 건 정말 미안하고 안타까운 일이지만 아이들이 도서관을 얼마나 애정 하는지 엿보는 기분은 나쁘지 않았다. 나쁘지 않은 정도가 아니라 학생들이 도서관의 주인 노릇을 하고 나서는 모습을 보니 울컥 감동해 버렸다!

# 왜 학생에게 어른 책을 빌려줍니까?

도서관 서가에 진열된 책은 모두 '청구기호'라는 것이 적힌 라벨이 책등에 붙어있다. 청구기호는 사람으로 치면 집 주소 같은 것이다. 컴퓨터로 검색해서 선택한 책이 어디 있는지 이 주소를 보면 찾을 수 있다. 혹은 대출 되었다가 도서관으로 돌아올 때 어느 서가로 돌아가야 할지 이 청구기호를 보면 알 수 있다. 청구기호가 없으면 수많은 책들이 주제별로 정리가 되지 않아서 엉망진창이 될 것이다.

그리고 청구기호에는 '별치기호'라는 것이 포함되기도 한다. 예를 들면 그림책들만 따로 모아놓고 청구기호에 '그림'이라는 별치기호를 추가로 적어 두는 것이다. 글빛누리도서관에서 사용하는 별치기호는 사전 및 도감류를 표시하는 'R', 그림책을 표시하는 '그림', 팝업북을 모아놓은 '팝업' 어른용 책들만 따로 모아서 'T'라는 별치기호를 사용한다.

내가 처음 글빛누리도서관에 왔을 때 어른용 도서 'T'는 학생 아이디로 대출이 되지 않게끔 전산으로 막혀 있었다. 원래 그렇게 되어 있기도 했고, 어른 책이 별로 많지도 않았기에 첫해에는 별생각이 없었다. 그런데 해가 갈수록 어른용 서가에도 좋은 책이 많이 쌓이기 시작했다. 아이들은 가끔 어른용 도서 중 베스트셀러나 세계 명작 도서를 빌리고 싶어 했다. 『공부머리 독서법최승필』, 『나미야 잡화점의 기적히가시노 게이고』, 『개미베르나르 베르베르』, 『코스모스칼 세이건』 등의 책이었다.

딱히 아이들이 읽으면 안 되는 내용의 책은 아니었지만 과연 초등학생이 이 책을 이해하겠나 싶은 합리적 의심이 잠시 고개를 빼들었다. 어차피 다 읽지도 못할 텐데 귀찮다는 생각도 슬쩍 들었다. 하지만 간절한 아이들의 눈빛 앞에서 진지하게 고민하지 않을 수 없었다. '그래 뭐 학생이 읽어서 해로운 내용은 아니니까~' 처음에는 몇몇 베스트셀러만 학생들의 대출을 허락했다.

5, 6학년 중에 도서관을 애용하는 아이는 드물다. 그 귀한 5, 6학년들 중 몇몇이 자신들의 높은 독서 수준을 뽐내고 싶어 했고 자주 어른 책을 읽으려고 했다. 사실 나도 아직 도전하지 못한 『총, 균, 쇠재레드 다이아몬드』(무려 784쪽이다!)를 재미있었다며 반납하는 녀석들의 표정은 사뭇 비장했다. 어떤 부분이 인상 깊었는지, 가장 기억에 남는 문구가 있는지 묻고

싶었지만 아이의 비장함을 지켜주고 싶었기에 질문을 삼갔다.

'그런데 왜 학생은 어른 책을 빌려 가면 안 되는 것일까?'

어느 순간부터 이 고민이 머릿속을 맴돌았다. 아무리 고민해 봐도 누구나 수긍할 수 있을만한 이유가 없었다. 바다가 너무 깊으면 빠져 죽을 수 있지만, 책이 내 사고력보다 너무 깊으면 어차피 들어갈 수가 없다. 혹시 내용이 너무 길거나 어려워서 이해하지 못한다면 그 결과는 아이의 몫이다. 자신의 선택에 따른 결과를 경험해 봐야 다음 선택에 변별력이 생긴다. 결국 나는 학생도 별치기호 'T' 책을 빌릴 수 있게 막혀있는 전산을 풀었다. 학교 도서관에 있는 어른 책이라 해 봐야 분기별 베스트셀러이거나 고전소설, 교수학습법, 투자, 역사, 자녀 양육 등에 관한 책이 대부분이다. 선정적이거나 불온한 사상을 전하는 책은 없으니 아이들이 마음껏 헤엄치기에 충분히 안전하다고 판단했다.

어느 날 한 초등학교 사서 연수에서 어른용 도서의 대출 문제에 대한 질문이 나왔다. 왜 학생에게 굳이 어른 책을 빌려줘야 하냐고 반문하시는 분도 있었고, 어른 책을 빌려줬다가 학생의 부모님이 보시고는 왜 학생에게 어른 책을 빌려줬냐는 항의성 민원전화를 받았다는 분도 있었다. 그 학생의 부모님은 무엇이 못마땅한 것이었을까? 자신의 아이가 감히 어른 책을 넘봤다는 사실? 아니면 학생이 어른 책을 가져가는 것도 모르고 관리를 소홀히 한 것이 의심되는 사서에 대한 질타? 어느 쪽이든 염려스러운 일이다. 그리고 어떤 분은 굳이 두꺼운 어른 책을 호기롭게 빌려 간 학생을 기억했다가 책을 반납할 때 제대로 읽었는지 내용과 관련해서 확인 질문을 했었다고 한다. 그 학생은 제대로 대답하지 못했고 그렇게 두 번을 검사했더니 그 뒤로는 어른 책을 절대 빌려 가지 않았다며 꿀 팁을 전해 주었다. 스스로 자신의 독서 영역을 확장하려 시도하는 아이에게 검열이라는 수단으로 응징하는 것이 꿀팁 맞는지 모르겠다. 어른용 책을 탐내는 학생들의 태도에 대부분의 어른들은 권위적인 자세로 반대했다.

학생이 읽기에 부적절한 내용의 책이 아니라면 도대체 어떤 이유로 아이들의 독서 수준을 함부로 한계 짓는 것일까? 애당초 어른용 책이라는 경계도 이상하다. 그림책, 역사책, 과학책, 소설책으로 나누는 것은 객관적으로 가능하지만 '어른 책'은 대체 어떻게 정의 내릴 수 있는 장르인가? 두꺼우면 어른 책인가? 어려운 말이 많으면 어른 책인가? 학생용으로 출판된 정보 전달 도서 중에도 어려운 말이 많아 어른도 읽기 쉽지 않은 두꺼운 책이 적지 않다. 어른들 사이에 인기가 많은 베스트셀러 중에도 그림이 많고 얇은 책도 있다. 그러면 이것은 어린이용 책이란 말인가?

도서관 이용자라면 누구든 자신의 '흥미'를 기준으로 어렵든, 쉽든, 두껍든, 얇든 어떤 책이든 마음껏 선택할 권리가 있다. 어린아이들이라고 예외일 수 없다. 대출 후에 일부만 읽든 전혀 읽지 않던 그것은 전적으로 이용자의 몫이다. 사서는 이용자가 대출한 책의 내용을 다 이해했는지, 끝까지 읽었는지 검사하는 등의 부정적 피드백을 해서는 안 된다. 아이가 뽐내기 위해서 대출이라는 행위를 하든, 호기심에 하든, 진지하게 읽고 싶어서 하든, 엄마나 동생에게 권해주고 싶어서 하던 간에 어른이 대신 판단해 주는 것은 월권이다. 느닷없는 검열에 마음이 꺾였을 아이에게 대신 사과해 주고 싶다.

# 검색에 상상력 보태기

여름의 신호탄은 매미가 연주하는 서곡으로 시작된다. 수컷 참매미들의 세레나데가 북향으로 길게 늘어선 도서관 창문을 넘어 눅진한 공기와 함께 훅 들이치면 아이들의 옷이 짧아진다. 도서관의 성능 좋은 에어컨 바람 아래에서 구경하는 뜨거운 여름 햇살은 그다지 두렵지 않다. 다만 계절이 바뀌었다는 사실은 초등학교 사서가 두려워할만 한 일이다.

"사서 선생님~ 1학년 '여름' 수업에 쓰려고요. 여름 관련 그림책 25권 정도 부탁드려요."

'여름'으로 검색하면 제목에 '여름'이 들어간 책이 제법 많이 검색된다. 그중에 그림책으로만 골라서 금방 미션을 완료했다. 그런데 다음날 1학년의 다른 반에서 '여름'책 요청이 또

들어왔다. 옆 반과 좀 같이 쓰면 어떨까 싶지만 전지적 사서 시점이기에 고이 접어 패스하고, 약간의 어려움이 있었지만 다시 검색어로 '여름'을 입력한 결과를 박박 긁어서 전달했다.

그리고 그날 오후. 2학년 아이들이 숙제라며 '여름'책을 빌리러 우르르 도서관을 방문했다. 이렇게 학년이 겹치면 이제부터는 전쟁 시작이다. 제목에 '여름'이 들어간 그림책은 씨가 말랐는데 아이들은 숙제라며 내 뒤만 졸졸 따라다닌다. 이제는 업무 영역이 창의력의 범주로 넘어간다. 아이들과 '여름' 하면 떠오르는 것들로 마인드맵을 펼쳐본다. 수박, 참외, 우산, 장화, 무더위, 밀짚모자, 얼음, 수영장, 여름휴가, 캠핑, 매미…. 이런 검색어로 '여름'을 주제로 한 의외의 그림책들을 발견해 냈다.

'휴….'

아이들 손에 '여름' 그림책을 한 권씩 들려 보내고 한시름 놓았다.


다음날 아침. 숙제를 끝낸 아이들이 삼삼오오 까불거리며 그림책을 반납하러 왔다. 기나긴 줄이 채 줄어들기도 전에 2학년 부장님의 전화가 왔다.

"사서 선생님~ 급하게 부탁드려서 죄송해요. 내일까지 '여름' 주제 그림책 30권 준비될까요?"

아이코…. 흐릿한 어제의 기억을 소환하며 '여름 마인드맵'을 다시 뒤적인다. 아무래도 이미 대출된 '여름' 그림책들이 빨리 돌아오는 방법 말고는 30권을 도저히 다 마련할 수 없을 것 같다. 그래도 마냥 손 놓고 기다릴 수는 없으니 상상력을 탈탈 털어 서가를 훑었다. 없다. 슬슬 자신이 없어진다. 안 된다고 답하면 될 것을 그 간단한 해법이 싫어 사서 고생이다. 굳이 이렇게 승부욕을 불태울 필요가 있냐고 물으신다면 '보람 값'이라 답하고 싶다. 학교 도서관이 교사와 학생들에게 유용할 수 있는 기회를 붙들어 낸 보람 말이다.

시간은 기약 없이 흘러간다. 오늘도 칼퇴는 실패다. 이쯤 되면 숨어있는 '여름' 그림책을 드문드문 발견할 때마다 묘한 짜릿함이 나를 위로한다. 『모기와 춤을하정산』, 『바다에 간 코르크마크 서머셋』, 『더우면 벗으면 되지요시타케 신스케』, 『빗방울이 후두둑전미화』, 『물싸움전미화』, 『7년 동안의 잠박완서』, 『아이스크림은 어디서 왔을까전혜은』.

'있네! 또 있어!'

이 소중한 정보들을 빠짐없이 내년 여름에 '여름'책을 검색할 나를 위해서 DLS*의 도서 상세정보 '검색 키워드'에 차곡차곡 저장해 둔다. 결국 '여름' 그림책 30권을 줄 세우는데 성공했다. 내일 2학년 1반 아이들은 '여름' 주제의 수업을 재미있는 그림책과 함께 하게 될 터이다. 마음 주머니에 보람 값을

※Digital Library System. 독서교육종합지원시스템으로 도서정보를 등록하고 대출반납을 처리하는 교육청의 온라인 시스템이다.

두둑이 채우고 퇴근하는 발걸음이 구름 위를 걷는다.

매주 화요일 2교시는 3학년 2반의 도서관 활용 수업 시간이라 담임선생님과 학생들이 좁은 도서관을 가득 메웠다.

"여러분~ 오늘은 사회 교과 3단원에 있는 '옛날 교통수단'에 대한 책을 찾아볼게요."

아뿔싸. 작년에는 언급이 없었던 새로운 주제이다. 미리의논도 없었다. 하여튼 수업은 다짜고짜 시작돼 버렸다. 그래도 긍정적인 부분은 새로운 주제 학습은 평소에 인기 없던 책들도 오랜만에 먼지를 털 수 있는 절호의 찬스가 된다는 점이다. 재미가 좀 없어도 주제에 맞는 책이라면 아이들이 보물이라도 찾은 듯 서로 읽겠다며 야단이기 때문이다.

도서관 좀 안다 하는 학생들은 어깨에 힘을 주고 먼저 책을 찾아내겠다고 눈을 반짝였다. 반면에 책에 관심이 없던 학생들은 더없이 험한 길을 걷는 듯 난감한 얼굴로 서가 사이를 서성인다. 담임선생님 한 번 쳐다보고, 사서 선생님 한 번 쳐다보며 눈치만 본다. 혹은 아예 포기하고 슬슬 장난을 치며 시간을 때운다. 그러니 나는 서둘러 검색을 시작할 수밖에 없다. '교통수단', '이동 수단'으로 검색하니 3권밖에 없다. 혹시 '마차'는? 없다. '수레'는? 역시 한 권도 없다. 수레 대신 내 머리가 굴러간다. 굴리고 굴리고⋯. 아 바퀴! '바퀴'로 검색하니 제법 검색이 되었다. 방향 없이 휘적이는 아이들의 발걸음을 보물 앞으로 조용히 옮겨 주었다.

"응? 너도 도와달라구?"

다음 학기 도서 구입 목록에 교통수단 책을 골고루 추가해야겠다. 사서는 의외로 유연한 사고와 창의력이 필요한 직업이다.

# 대출/반납은 그때그때 달라요

도서관 왕래가 드문 3학년 젊은 담임선생님이 어색한 두 손을 비비며 나를 찾아왔다.

"저희 반 학생 한 명이 골반뼈 골절로 입원을 했는데요. 죄송하지만 어떤 책을 가져다주면 좋을지 추천 좀 부탁드려요⋯."

마지못해 머뭇거리며 하는 부탁의 말속에 눈치와 염려가 묻어 있었다. 사정인 즉슨 3학년 아이가 놀이터에서 그네를 타다가 크게 다쳐서 한 달 이상 꼼짝없이 입원하게 된 것이 사건의 시작이다. 이 소식을 들은 교장 선생님은 담임선생님을 불러 조언을 하셨다고 한다.

"박 선생님~ 병문안을 한 번 다녀와야 되지 않겠어요~?

빈손으로 가는 것은 도리가 아니니 학생이 한 달 정도 읽을 책을 선물로 챙겨가는 게 좋을 것 같은데, 어때요? 참! 어떤 책을 얼마나 들고 갈지는 사서 선생님이 알아서 챙겨 줄 테니 걱정 말고."

그렇게 도서관으로 등 떠밀려 오신 선생님은 낯선 사서 선생님이 자신의 부탁에 어떻게 반응할지 몰라 곁눈질을 하며 눈치를 살폈다. 나 역시 왼쪽 상단 허공으로 시선을 던지며 재빨리 머리를 굴렸다. 지금은 사서에 대한 무한 신뢰와 독서에 대한 강한 애정을 보여주신 교장 선생님께 감동해야 하는 타이밍인가? 아니면 위시리스트에 있을 리 만무한 책 보따리 선물을 받게 될 불운한 학생과 하필 그 책 보따리 선물 미션을 떠안게 된 선생님을 위로해 줄 차례인가?

글빛누리도서관은 규정상 학생은 최대 3권을 일주일간 대출할 수 있다. 교사는 5권을 4주간 빌릴 수 있다. 아픈 학생이 정말로 책을 읽는다면 한 달 동안 3권으로는 부족할 테고, 두 달 안에도 반납되지 않을 확률이 꽤 높다. 그러나 관리자의 의견을 도서관 운영에 충실히 반영하는 것은 훌륭한 직장인의 첫 번째 소양 아니겠는가. 나는 곤란한 기색이 역력한 선생님을 안심시켰다.

"선생님, 학급 문고로 최대 30권을 한 달간 빌릴 수 있어요~ 제가 3학년 아이들이 좋아할 만한 책으로 20권 정도 골라서 학급 문고로 대출해 드릴게요. 그리고 혹시 한 달 안에 반납이 안 되더라도 괜찮으니 분실되지 않게만 잘 챙겨 봐 주세요~."

이제 훌륭한 사서의 안목을 뽐내며 책을 엄선해야 할 차례다. 언제 반납이 될지 모르기 때문에 인기 도서를 포함 시키면 큰일이 난다. 그렇다고 환자에게 어렵거나 재미없는 책을 권할 수도 없다. 그런데 이 책 선물을 학생에게 건네줄 사람은 선생님과 보호자이다. 만화책 같은 흥미 위주의 책만 넣어두면 어른들이 바로 싫은 기색을 보일 것이므로 눈치껏 알아서 잘 골라야 한다.

먼저 이 아이의 이전 대출 기록을 검색해서 수준과 취향을 파악했다. 아쉽게도 도서관 대출 이력이 거의 없었다. 어쩌면 책을 그다지 좋아하지 않는 아이일 수 있겠다는 점을 전제하고, 3학년 아이들이 흥미를 가질만한 주제를 염두 하며 서가를 훑었다. 친구관계, 강아지, 요리, 옛날이야기, 그림책, 만화로 된 한국사, 그림 따라 그리기 등. 가볍게 읽을 수 있도록 두께는 얇거나 100페이지 이내의 그림이 많은 책이면서, 신간이어서는 안 되고 작년쯤에 인기가 있었지만 지금은 서가에 조용히 있는, 표지에 눈길을 끄는 그림이 그려져 있는 책이어야 한다.

열심히 20권을 고르기는 했지만 본인이 원치 않는 책을 강제로 읽는 것은 곤욕일 것이므로 이것이 정말 환자에게 선물이 될 수 있을지는 알 수 없는 노릇이다. 여하튼 다친 아이의 지루한 병실 생활에 부디 작은 즐거움이 될 수 있기를 기원하는 마음을 담아 선생님에게 책을 전달했다. 특히 아이에게 책을 한꺼번에 다 전해주지 말고 하루에 한 권씩만 전해달라는 당부의 말도 보탰다. 바라지 않았던 20권의 책 보따리가 침대 머리맡에서 의무감이라는 이름으로 망부석이 돼 버릴 가능성을 조금이라도 낮춰보기 위한 꼼수랄까.

그렇게 대출 나갔던 책들은 한 달 하고도 2주 뒤에 아이의 호전된 건강과 함께 모두 무사귀환했다. 내 예상보다 일찍 돌아온 책들을 쓰다듬으며 나는 연체를 슬쩍 풀어주었다. 아이는 거동이 불편해서 그 뒤로도 도서관에 방문한 적이 없었으므로, 그 책들이 병실에서 정말 유용했는지 알 수 없지만 교장선생님, 담임선생님, 사서. 세 명의 응원 정도는 전달되었으리라 믿고 싶다.

연체 도서의 연체 기간을 언제나 마구 풀어주는 것은 아니다. 상황을 봐서 적절히 조절해야 한다. 연체 해방권을 남발했다가는 아무도 제때 책을 반납하지 않는 부작용에 시달릴 수 있기 때문이다. 무릇 초등학교 도서관은 학생들의 첫 도서관으로서 도서관 이용 규칙을 똑바로 가르쳐 줘야 할 막중한 책임을 지고 있는 곳 아니겠는가.

하지만 아직 학교생활이 미숙한 초등학생들은 책을 대출해 놓고 까맣게 잊기도 하고, 분실했다가 몇 달 만에 나타난 책을 머쓱하게 들고 오기도 한다. 장기 연체자가 되지 않도록 중간중간 연체 사실을 통보해 주고 반납을 독촉하지만 끝내 장기 연체자의 타이틀을 거머쥐는 아이들이 늘 존재한다.

"그런데 나는 왜 책 못 빌려요?"

"지난번에 책을 76일 늦게 돌려줬잖아요~ 그래서 지금 연체 기간이라 못 빌려요."

"이잉…. 싫어요!"

1학년 중에는 연체한 자신이 왜 친구들과 달리 계속 대출이 거부되는 것인지 도통 이해하지 못하는 경우도 종종 있다.

"너는 지금 57일째 연체 중인 『바다 100층짜리 집이와이 도시오』책을 돌려줘야 다시 빌릴 수 있어요~."

"그 책 어디 있는지 모르는데요?"

이 아이들을 어떻게든 도와주지 않으면 도서관에 발길을 끊을 것이 뻔하다. 다시 대출 반납을 연습할 기회를 줄 핑계가 필요하다. 그래서 새 학기를 시작할 때마다 '연체 해방을 위한 보물찾기' 행사를 연다.

장기 연체자의 연체도 풀어주고, 장기 연체된 보물 같은 책을 드. 디. 어. 가져오면 간식 선물을 쥐어주며 이용규칙을 새로이 가르친다. 특히 교실 어느 구석에 버려져 있던 도서관 책을 찾아내서 가져오는 아이에게 맛있는 간식을 선물하기 시작하면 행방이 묘연했던 책들이 속속 도서관으로 돌아오기 시작한다.


일부러 책을 연체 시키는 학생은 잘 없다. 모든 도서관 이용 규칙은 학생들의 도서관 이용을 돕고 독서를 독려하는 것이 목적이다. 그러니 연체된 도서 때문에 미안해하고 눈치

보는 학생들이 도서관과 인연을 끊게 할 작정이 아니라면 사서는 회유의 미소를 장착하고 연체 해방 필살기를 적절히 사용할 필요가 있다. 대출 규정 역시 마찬가지이다. 누구든 책을 읽겠다 하면 1인 관장으로서 유연한 규정을 적용해서 도와주는 게 맞다.

옛말에 '아끼면 똥 된다'고 했다. 찢어져도, 잃어버려도, 누군가 읽었다면 괜찮다. 그래서 대출/반납 규정은 그때그때 다르다.

# 폐기 좀 해도 될까요?

학교 도서관은 전체 장서의 7%에 해당하는 도서를 한 번에 폐기할 수 있다. 어떤 이유에서 '7%'라는 숫자가 정해진 것인지는 기억이 나지 않지만 아주 상대적인 숫자임은 분명하다. 신생 학교의 도서관은 장서량도 적은 데다 모두 새 책이다 보니 7%가 큰 숫자이다. 반대로 역사와 전통을 자랑하는 학교의 도서관들은 50%를 다 도려내도 폐기할 책이 그득 그득한 경우가 많다.

"아니 이렇게 많이~! 이 책들은 멀쩡한데 왜 버리는 거예요?"

"아… 이게 벌써 2009년에 출간된 책이라 맞춤법도, 과학 정보도 많이 바뀌었습니다. 그리고 이건 올 컬러로 개정판이 새로 나왔습니다. 그리고 이건….”

"그래도 이렇게 멀쩡한데 너무 아깝잖아요! 책은 '장식'의 역할도 할 수 있는 거 아니겠어요? 복도에 두면 보기 좋겠구먼!"

"아…. 사실 3년 전에 폐기 처리되었던 책인데 그동안 별관에서 장식의 역할을 해 왔습니다. 그런데 이제 그마저도 서가가 부족해서요~.”

"그럼 버리지 말고 누구 필요한 사람 없는지 알아보고 나눠줍시다! 응? 알아보세요~.”

교장 선생님은 쉽게 물러서지 않으셨다.

'반짝거리는 새 책도 도통 안 봐서 곤란한 요즘인데 이 빛 바랜 책을 어떤 어린이가 펼치려 할까요? 그런 어린이 찾아내면 낡은 전집이 아니라 상을 줘야….'

물론 나는 직장 생활을 오래오래 하고 싶은 사람이므로 마지막 말은 속으로 삼켰다. 폐기 업무는 종종 관리자의 방침에 따라 축소되거나 보류되고, 취소되는 경우가 허다하다. 그렇다. 관장도 뭣도 아닌 일개 사서의 의견보다 관리자의 지침이 절대적으로 중요한 곳이 학교 도서관이다.


도서관의 유용함을 '장서량'으로 측정하는 방법은 일부는 맞고 일부는 틀리다. 국회도서관이나 국립중앙도서관은 대한민국의 모든 출판물을 수집하고 보관하는 납본 도서관의 역할을 담당하고 있다. 1945년에 개관한 국립중앙도서관이 현재 소장하고 있는 1,300만 권의 장서량은 역사적으로 가치 있는 자료들의 존재를 약속하는 든든한 숫자이다. 영국에서 두 번째로 큰 보들리안 도서관은 1610년부터 납본 도서관으로 지정되어 영국 내에서 출간되는 모든 출판물을 의무적으로 보관하고 있다. 현재 1,200만 권 이상의 장서와 매년 추가되는 책을 비치하기 위해 해마다 5km의 소장 공간이 추가적으로 필요하다고 한다.

하지만 교실 한, 두 칸 정도 규모의 소형 학교 도서관이 정상적으로 수용할 수 있는 장서량은 2만 권 안팎이다. 이 좁은 공간에 오래된 책을 오래오래 보관했다가는 몇 년 안에 포화 상태가 되어버린다. 글빛누리도서관은 2018년 당시 7천 권이던 책이 5년이 지난 지금 두 배 이상 늘어나 모든 서가를 가득 채운 상태이다. 옷은 많은데 정작 입을 옷은 안 보이는 옷장처럼 읽히지 않는 옛날 책들이 신간마저 숨겨버리는 불상사를 막기 어려운 상황이다.

불과 몇 년 전까지 선풍적인 인기를 끌던 한 과학 만화 전집은 이제 먼지를 뒤집어쓴 채 도서관 한켠으로 밀려났다. 당시에는 이색적인 구성과 주제들로 인기가 많았지만 지금은 이를 능가하는 더 좋은 구성이나 최신 정보를 담고 있는 과학책이 다양하게 쏟아져 나오면서 그 자리를 대신하고 있기 때문이다. 물론 오래되었다고 다 폐기 대상이 되는 것은 아니다. 간혹 절판되어서 더 이상 구할 수도 없지만 소장 가치가 높은 명작도 많고, 아무리 낡아도 독자들이 꾸준히 찾는 책도 많다.

그래서 폐기할 책을 고르는 일은 사서에게도 쉽지 않은 업무이다. 특히 나처럼 '버리기'를 잘 못하는 사람은 괴롭기가 이만저만한 일이 아니다. 그렇다고 폐기를 자꾸 미루면 장서량이야 늘겠지만 아이들의 눈높이를 반영하지 못하는 구닥다리 책들 틈에서 신간 도서가 숨바꼭질을 하게 된다.

학교 도서관은 공간과 관리의 한계 때문에 다양한 구색의 대형마트가 될 수 없다. 오히려 편의점의 간결한 품목과 깔끔한 진열, 빠른 신상 업데이트를 통한 최신 트렌드 반영과 같은 전략을 구사해야 하는 곳이다. 한때 인기가 많았더라도, 한때 비싼 몸값을 자랑했더라도 낡았거나, 오래돼서 맞춤법이나 내용이 최신 트렌드에 맞지 않는다면 새 책에게 자리를 내어줘야만 한다.

문제는 사서가 없는 학교다. 신간 구매는 필수 업무이지만 폐기는 필수 업무도 아닌 데다 관리자조차 싫어하는 업무이다 보니 무한정 다음 담당자에게 넘기는 경우가 많기 때문이다. 장서점검을 통해 분실, 파손된 책도 함께 걸러 내면서 폐기 업무를 주기적으로 해야 하는데 폭탄 돌리기처럼 마냥 미루다 보면 결국 어느 열정 터진 일반교사가 초대형 폭탄을 떠안게 되는 날이 오고야 만다. 도서관이 녹슨 자전거처럼 제대로 기능하지 못하는 효과까지 패키지 상품이다. 이쯤 되면 2000년대 이전에 출판된 고문서 급 책, 전산에만 존재하는 분실된 책 등을 추려내는데 많은 인력과 예산을 추가로 투입해야 하는 상황이 발생한다. 현재 수많은 학교 도서관이 폭탄 돌리기를 하고 있는 중이다.

'폐기' 업무는 선택이 아닌 필수다.

# 까탈스러운 사서

"담당자님~ 제목에 저자명이 입력되어 있어요!"

"아…. 사서 선생님~ 사람이 하는 일이다 보니 그럴 수도 있지요."

"복권 표시도 안 되어 있고, 책 제목과 다른 표지가 저장되어 있거나, 학생 책인데 어른 책으로 별치기호를 잘못 부여했거나, 그림책인데 별치기호를 빼먹는 등 잘못 입력된 건이 너무 많은걸요. 이러면 아이들이 책을 제대로 검색해서 찾을 수가 없습니다."

"사서 선생님~. 솔직히 모든 학교가 다 비슷한 시기에 전산 작업을 의뢰합니다. 기한 안에 납품을 완료해야 하는데 어떻게 한 권 한 권 꼼꼼히 다 보겠어요~? 너무 무리한 요구를 하시네요. 납품 기한 못 지키면 책임 지실 겁니까?"

"네? 정확한 서지 정보 입력이 무리한 요구라고요? 작업을 의뢰한 도서의 권당 금액을 다 지불합니다만…. 제가 뭘 더 책임져야 하나요?"

신간 도서 전산 작업을 엉망으로 해서 납품한 업체 담당자는 적반하장으로 꼼꼼히 검수하는 나를 나무랐다. 심지어 다음 학기에는 아직 사서가 바뀌지 않았다는 것을 확인한 뒤, 우리 학교의 전산 작업 의뢰를 거부하겠다고 선언하기까지 했다. 이 작은 도시에서 나는 별난 사서로 소문이 나버렸고, 그 해 2학기부터 다른 지역의 전문 업체를 섭외해서 전산 작업을 의뢰해야 했다. 사서가 없는 학교의 도서 납품은 쉽다. 전문가가 없으므로 제목이 틀리든, 표지가 틀리든 꼼꼼히 들여다보고 수정을 요구할 사람이 없기 때문이다.

사서가 되고 처음으로 교육청에서 공식적으로 업무 관련 교육을 받던 날이었다. 초보 사서와, 사서는 아니지만 도서관을 담당하게 된 초보 도서관 담당자들을 위한 교육이었다. 사서는 신입 채용이 드물기 때문에 사실 일반 교사나 행정원 등이 사서보다 훨씬 더 많이 참석했다. 나는 그곳에서 놀라운 교육을 받았다.

"자~ 우리 선생님들 아이디 발급받는 방법, 대출반납 해주는 방법. 여기까지 배우느라 수고 많으셨습니다. 이제 도서 구입 교육을 받을 차례인데요… 교과 업무도 바쁘신데 도서관 업무 교육까지 받느라 정말 힘드시지요? 그러니 무슨 책 사야할지까지 고민하시면 너무 힘드니까 이건 그냥 도서납품 업체에 다 맡기세요. 알아서 적절한 책으로 라벨 작업까지 해서 갖다 줍니다. 예산만 맞으면 되지 책 잘못 들어왔다고, 전산등록 잘 안됐다고 뭐라고 할 사람 아무도 없습니다. 제 말 믿으시고 도서구입 업무는 편하게 하세요. 편하게~. 자 다음 교육은….”

지금 돌이켜 생각해 보면 자신이 도서관 관리 업무를 담당하게 되었다는 현실 자체가 부담스러운 일반 교사들을 위로하기 위해서 한 말이었던 것 같다. 당장 제일 급한 대출/반납 업무 말고는 부담을 좀 내려놓으셔도 된다는 취지에서 선택과 집중의 요령을 코칭한 것이다. 하지만 뭐든 많이 배워서 현장에 하루빨리 적응하려고 눈에 불을 켜고 교육을 듣던 나는 큰 충격을 받았다. 나는 저 담당자를 고발해야겠다고 생각하며 교육 자료에 담당자 이름 석 자를 크게 적었지만 다른 선생님들은 모두 고개를 끄덕이며 다음 페이지를 넘겼다. 아 참… 교육에 너무 과몰입해서 여기가 직장이란 걸 깜빡했다. 나는 고발이고 나발이고 튀어나온 입을 밀어 넣었다.

납품 업자는 교육자가 아니라 이문을 남겨야 하는 장사꾼이다. 그들이 알아서 선정하고 전산 등록한 전집과 철 지난 책들이 수많은 학교 도서관에 뽀얀 먼지와 함께 쌓여있다 한들 대체 누구를 탓할 수 있겠는가. 납품 업자는 학생들이 책을 잘 이용하든 말든 납품 이후의 문제에 책임이 없고, 전산 등록 업체는 내용이 맞든 틀리든 전산에 등록되어 있기만 하면 임무 완료다. 책이 대출이 되든 안 되든 담당 교사는 예산을 기간 내에 100% 집행하기만 하면 업무 완료다. 도서관 운영이 잘되든 안되든 전산에 등록된 도서의 권수가 그 해 많이 증가하면 교장 선생님의 인사 고과는 긍정적이다. 사서가 없는 대부분의 학교가 이렇게 편하게 도서 납품을 받는다. 그냥 전체 권수가 정확하고, 청구기호 라벨이란 것이 너덜거리지 않게 잘 붙어 있으면 된다. 그러니 몇백 권의 책을 한 권, 한 권 검수 작업하는 사서의 존재는 납품업자에게도, 전산 업체에게도 불청객인 것이다.

학교 도서관은 학교 운영비의 3%(경남은 4%)에 해당하는 예산을 매년 도서 구입비로 집행한다. 적지 않은 돈이 제몫을 하게 하려면 구매 대상 도서를 선정하는 과정에서부터 전산등록까지 세심하게 고민해야 한다. 나는 올해도 업체 전산작업 담당자와 세부사항을 꼼꼼히 사전 논의한다.

"네~ 볼륨 넘버 꼭 표기해 주시고요, 표지 중앙 하단에 중요한 그림이나 정보가 있을 경우에는 등록번호 라벨을 다른 곳에 붙여 주세요."

아무래도 까탈스러운 사서라는 오명은 계속 안고 가는 수밖에 없겠다.

# 왜, 그런 날 있잖아요

벌써 5통째 돌리는 전화이건만 학부모님 중 누구도 도서관으로부터 걸려온 연체 통보 전화를 받지 않았다. 번호를 알고 전화를 피하는 건가 싶은 합리적 의심과 피로가 쌓일 때쯤 한 통이 연결되었다. 지난 학기에 빌려 간 책이 87일째 연체 중인 학생의 부모님은 기분이 안 좋으신 것 같았다.

"거~참! 애가 반납을 했다고 하는데 왜 자꾸 반납을 하라고 하는 거예요? 나는 그런 책을 보지도 못했다니까요!"

이럴 때는 보통 '죄송합니다'와 '죄송하지만'을 문장 사이에 적절히 넣어서 응대해야 통화를 빨리 끝낼 수 있다. 그리고 그런 날은 더 이상 통화할 수 없는 마음이 된다. 반납 독촉을 포기하고 서둘러 내일 있을 작가와의 만남 행사에 필요한 배너를 출력하러 갔다. 행사의 분위기를 잘 전달할 수 있는 그림과 문구를 넣어 배너를 디자인한 다음 대형 플로터(프린트)에 연결된 컴퓨터로 출력을 명령하면 가로 60cm, 세로 180cm의 대형 배너를 컬러풀하게 뽑아준다. 물론 플로터 컨디션에 따라 협조가 잘 안될 때도 있다. 하필 오늘이 그날이다. 출력되다가 잉크 부족으로 중단. 출력되다가 용지 부족으로 중단. 새 용지를 인식하지 못해서 출력 불가….

10분이면 끝날 일을 붙들고 플로터와 1시간 넘게 씨름했다. 퇴근 시간은 훌쩍 지나버렸고 복도에는 적막이 흘렀다. 행사는 당장 내일 아침인데, 배너 출력은 안 되고 마음이 해저 구만리를 찍고 가라앉을 때쯤, 당직 주무관님이 복도를 돌며 차곡차곡 불을 끄셨다. 고요함 속에서 어렵게 출력해 낸 배너를 막대에 걸고 한 발짝 떨어져 바라봤다. 배너가 밉살스럽기 그지없다.

비가 내리는 건 맞지만 우산을 받쳐 드는 건 번잡스레 느껴지는 그런 비가 풀풀 흩날리며 후줄근한 퇴근길을 장식하고 있었다. 쇳덩이 같은 몸으로 걸음을 옮길 때마다 포근한 이불 속이 간절했지만 텅 빈 냉장고를 생각하니 마트를 그냥 지나칠 수 없어 잠시 들렀다.

양파 한 망만 사야지 하고 들어섰지만 결국 습관대로 식재료를 잔뜩 사고 말았다. 특가 세일하는 계란 한 판을 포기할 수 없었고, 모처럼 1+1 행사 중인 우유는 구매 필수. 그렇게 대파, 오렌지, 식빵, 삼겹살, 시금치 등이 추가된 장바구니 2개는 어느새 가득 차고 넘쳤다. 사다 나르는 식재료의 양만큼 추가될 내 노동을 자꾸 깜빡깜빡하는 건 아무래도 주부 전용 불치병이 확실하다.

집까지 걸어서 10분 거리. 손톱 같은 달이 눈을 내리깔고 보내는 달빛이 흐리다. 장바구니 손잡이에 양손의 손가락과 손바닥이 점점 움푹 파였다. 흩뿌리는 빗방울 덕에 머리카락이 자꾸 얼굴에 들러붙었다. 쓸어 넘길 손이 없어 가려움을 참고 걷는 내 마음에 괜한 심술이 솟구쳤다. 마트 출입구를 나선 지 3분도 채 되지 않아 거친 숨을 몰아쉬며 멈춰 섰다. 뒹굴거리며 저녁밥을 기다리고 있을 아들에게 아파트 앞 편의점으로 마중을 나오라며 전화를 걸었다. 내 목소리는 뾰족하게 날이 서 있었다. 영문도 모른 채 뚱하게 전화를 받는 아들에게 짜증이 날아갔다.

아이들의 깔깔거리는 소란함이 아파트 놀이터 담장을 넘어오는 길가. 자그마한 우산 속에 쏙 들어서 있는 연인. 힙한 음악이 꽝꽝~ 이어폰을 뚫고 나오는 줄도 모르고 그루브를 타는 학생. 손에 들고 있는 테이크아웃 잔 속 아이스아메리카노만큼이나 시원한 수다 삼매경에 빠진 아가씨들. 나는 그들 옆을 묵묵히 지나쳤다. 발걸음은 처지고, 아파트 앞 편의점은 아득한데 양손에 들린 장바구니는 점점 더 무거워졌다. 욱신거리는 곳이 두 손인지 마음인지 혼동되기 시작한다. 습기에 잠식당한 안경 너머 세상이 희뿌연 달빛 속으로 가라앉는 거리를 걷는 그 순간의 나는 점점 밴댕이 소갈딱지처럼 작아졌다. '나'라는 존재가 스멀스멀 소멸되는 꼬라지가 깊은 한숨을 부른다.

고작 10여 분 거리의 가로수 길이 빗방울과 함께 떨어진 낙엽으로 얼룩덜룩 지저분하고 멀기만 하다. 꾹 다문 입으로 살아내는 어제와 같은 오늘이, 오늘과 같을 내일이, 그 순간이 나는 그렇게 문득 서글펐다. 슬리퍼를 찍찍 끌며 편의점 앞으로 나온 아들이 괜한 불똥을 맞는다.

"왜 이렇게 늦게 나왔어?!"

아들은 꾀죄죄한 아줌마의 주름진 눈가에 그렁거리던 눈물을 봤는지도…, 아니 못 본 체한 건지도 모를 중립 기어 꽉 당겨 올린 듯한 얼굴로 내 짐을 받아 든다.

"아 화장실에 있었어… 내가 다 들게 이리 줘요."

마음이 시큰하니 궁색해진다. 이런 날은 눅눅한 날씨 탓을 할밖에 도리가 없다.

# 불평불만의 방향 틀기

학기 중의 도서관은 흡사 전쟁터 같다. 수업 시간에는 담임선생님과 수업하러 온 학생들의 방문을 돕고, 쉬는 시간에는 도서관을 즐기러 오는 아이들을 맞이한다. 틈틈이 봉사자, 담임선생님, 교무실과의 소통도 해야 하고, 새로 들어올 책, 들어온 책, 어질러진 책, 망가진 책들을 매만지다 보면 카톡 한 번 열어볼 새 없이 바싹 마른 입으로 퇴근 시간을 마주하기 일쑤다. 그 와중에 도서관 이벤트를 기획하고 작가와의 만남을 준비하고 동아리를 꾸리다 보면 주말도, 퇴근 시간도 내 편이 아니다.

바쁘고 정신없는 근무 시간의 풍경이 꼭 도서관 사서만의 모습은 아니다. 학교의 모든 구성원이 수업 시간표에 맞춰 하나의 톱니바퀴처럼 일사불란하게 움직인다. 사실 그 속에는 잡음도 많다. 2월 말에 벌써 일 년 치 학사 일정을 다 계획해서 공고하지만 막상 학기가 시작되면 계획대로 되지 않는 일이 차고 넘친다. 오늘 계획한 일도 아닌데 급작스레 치고 들어오는 업무가 발생하면 짜증이 솟구치기도 한다. 동료끼리 오해가 발생하기도 하고, 학생들의 상상 초월 돌발 행동에 깜짝깜짝 놀라기도 한다. 감정적으로 너무 지치는 날에는 당장 때려치워야지 소리가 툭툭 튀어나오기도 한다. 예상을 벗어나는 변수들을 두고 불평불만을 삼자면 끝이 없다.

지끈거리는 머리를 흔들다가 잠시 짬을 봐서 화장실을 다녀온 사이 누군가 내 자리에 편지를 두고 갔다. 삐뚤빼뚤한 글씨로 도서관이 좋고, 사서 선생님이 좋고, 추천해 주신 책이 좋아서 고맙다며 수줍게 고백하는 편지였다. 하… 이런 편지는 아껴뒀다가 조용한 시간에 다시 펼쳐서 천천히 음미해야 한다. 스트레스가 버터처럼 녹아내리는 느낌을 즐기면서.

가끔 이렇게 그냥 툭~ 선물을 주는 이들이 있다. 내가 이런 선물에 무척 약한 사람이란 걸 모두가 아는 것 같다. 사서 선생님 얼굴이라며 굳이 캐리커처를 쓱쓱 그려주고 가는 아이, 지금 자신의 기분이라며 갑자기 춤을 추고 가는 아이, 괜스레 눈 맞추며 잠시 배시시 웃다 가는 아기 같은 1학년. 사서 선생님 생각나서 챙겨 왔다며 귤 두어 개를 이 구석진 도서관까지 가져다주는 다정한 선생님. 꽃 한 송이 예쁘게 접어서 지난번 독서교육이 너무 좋았다는 편지와 함께 슬며시 주고 가시는 학부모님.

　그런 날들은 다 아무 날도 아니지만 특별한 날들로 기억된다. 속사포처럼 지나가는 시간 속에 잠깐씩 이런 정지 동작 같은 순간들 덕분에 멈춰 서서 웃지 않을 수 없다. 솔직히 덕분에 제법 자주 웃으며 사랑받고 있음을 느낀다. 그렇게 가슴이 따뜻해지는 날에는 반대로 내 마음도 전해주고 싶어진다. 괜히 사탕 하나 쥐여주고, 괜히 그림책 한 권 읽어주고, 괜히 예쁘다고 쓰다듬어주고 싶어진다. 이름을 기억해 주고 싶어서 깨알같이 메모하고 일부러 한 번 더 불러본다. 마음이 담긴 말, 눈빛, 미소, 메모, 편지, 그림. 이런 것들의 온기가 내 안에 남아서 짜증의 싹을 녹인다. 그 자리에 감사한 마음이 웅덩이를 만든다.


　졸업 시즌이 되면 학교는 대형 현수막을 걸고 포토 존을 꾸미는 등 졸업식 준비로 분주하다. 사실 사서는 딱히 졸업식에 관여할 업무가 없다. 담임도 아닌 데다 지난 2년간은 코로나로 도서관 이용 학생도 거의 없던 터라 졸업생들과의 헤어짐도 대면 대면했다. 한데 올해는 달랐다. 도서부로 눈부신 활약을 했던 6학년들이 대거 졸업을 했기 때문이다. 이 녀석들을 떠나보낼 생각에 한 달 전부터 조바심이 났다. 헤어지기 전에 그동안 아이들에게 받은 사랑을 갚아야 했다. 틈틈이 녀석들이 좋아하던 간식을 사다가 선물 꾸러미를 만들고 시도 골랐다.

## 다시 중학생에게 - 나태주

사람이 길을 가다 보면

버스를 놓칠 때가 있단다

잘못한 일도 없이

버스를 놓치듯

힘든 일 당할 때가 있단다

그럴 때마다 아이야

잊지 말아라

다음에도 버스는 오고

그다음에 오는 버스가 때로는

더 좋을 수도 있다는 것을!

어떠한 경우라도 아이야

너 자신을 사랑하고

이 세상에서 가장 귀한 것이

너 자신임을 잊지 말아라


어설픈 캘리 솜씨로 밤마다 한 장 한 장 아이들 이름을 넣어서 베껴 썼다. 힘들 때 꺼내보며 잠시 기운 얻을 아이들을 상상하며 정성껏 캘리 카드를 만들었다. 졸업식날 진한 포옹과 함께 선물을 받아 든 아이들은 자신의 이름이 적힌 캘리 카드를 읽으며 함박웃음을 지었다. 덕분에 나도 따라 웃었다. 중학생이 되고 보면 뜻대로 되지 않는 일이 얼마나 많겠는가. 아이들도 나처럼 마음에 불평불만이 차오를 때면 잠시 이 선물을 꺼내보며 그간 저금해 두었던 사랑에 위로받을 수 있기를 기도했다.

수시로 마음을 전하고 사랑의 흔적을 남기는 것은 일상을 행복으로 채우는 가장 간단한 방법이다. 심지어 가성비도 좋다. 나는 도서관에서 사랑을 저금하며 사람을 남긴다. 항상 두둑한 잔고를 느끼며 기꺼이 스트레스와 맞선다.

# 변화무쌍한 공간의 파수꾼

방황하는 성장기 시절. 만화방은 권당 300원, 신간은 500원을 줘야 만화책 한 권을 빌릴 수 있었다. 비디오방도 기본 2천 원에 신작은 3천 원을 내야 비디오테이프 대여가 가능했다. (기억 속 금액이 맞는지 모르겠다….) 그런데 도서관은 공짜로 책을 빌려주었다! 당시 나에게 도서관이란 천국이었다. 한때 창원도서관 단골 고객이었던 나는 사서가 제일 부러웠다. 수많은 책을 마음대로 쥐락펴락하는 능력자처럼 보였기 때문이다. 특히 근무환경이 좋아 보였다. 더울 때 시원하고 추울 때 따뜻한 도서관은 잔소리 넘치는 우리 집 거실보다 아늑했고, 신간도서가 항시 대기하고 있는 서가는 탐스러웠다.

문헌정보학과 4학년 재학 시절. 동기들과 국립 중앙도서관으로 실습을 나갔었다. 나름 우리나라의 대표도서관에서 근무하는 자랑스러운 선배님들을 만날 생각에 밤잠을 설칠 정도로 들떴었다. 실습 첫날. 나는 도서관에 대한 환상을 품은 이래로 가장 충격적이고 은밀한 비밀 같은 조언을 선배님들에게 들었다.

"절대 사서가 되지 마라."

"사서의 처우는 쥐꼬리만 한 월급이 다 말해주고 있다."

"전문성을 요하는 업무보다 단순 노동에 가까운 일이 더 많다."

"딱 10년만 버티면 관절이 다 나간다."

"주말도 근무해야 하고, 야근이 일상이다."

"결정적으로 정규직 채용을 거의 하지 않고 성장의 기회가 없다."

"자원봉사자나 임시직으로 돌려 막기만 한다."

등등….

근무 3년 차 선배님의 진심 어린 충고는 어린 나에게 충격 이상이었다. 참 무책임한 비판이었다 싶지만 사실 냉정히 돌아보면 그 조언에 거짓은 없었고 지금도 현실은 크게 다르지 않다. 사서는 국공립 도서관, 국회도서관, 기업체 도서관, 사립도서관, 학교도서관 등 다양한 기관에 취업을 한다. 그중에서 학교도서관은 임용고시 통한 사서 교사와 지금의 나처럼 일반 채용을 통한 공무직 전담 사서가 존재한다. 아주 다양해 보이지만 채용 자체를 거의 하지 않기 때문에 취업의 기회도 별로 없고, 한시직이나 봉사 직으로 채우는 경우가 많아 처우도 열악하다. 대학교 졸업을 앞둔 나에게 도서관이란 순식간에 좌절의 아이콘이 되어 버렸다.

학교 도서관에서 사서가 전문성을 인정받은 지는 얼마 되지 않았다. 보통 사서는 책을 대출/반납해 주는 사람으로 알고 있는데, 책 대출/반납은 기계가 더 정확하게 잘 해주는 세상이다. 얼마 전 시내 지하상가에서 자동 대출/반납기에 도서 검색 기능과, 추천도서 목록까지 화면에 띄워주는 기능을 갖춘 멋진 자동화기기를 발견하고 감탄을 금치 못했던 기억이 난다. 그렇다면 이제 사서는 없어지는 직업일까? 과연 도서관의 역할은 이용자에게 책을 빌려주는 것이 전부일까?

얼마 전 글빛누리도서관에서 학생들에게 '나에게 도서관이란?' 질문하는 행사를 한 적이 있다. 자신만의 정의를 포스트잇에 적어서 게시판에 붙이면 간식 선물을 주는 작은 이벤트였는데 아이들의 글을 읽고 생각을 곱씹은 건 되려 도서관을 드나드는 어른들이었다.

나에게 도서관이란?

힐링하는 곳이다.

비밀아지트 같은 곳이다.

재미와 행복, 기쁨이다.

나눔도 가꾸는 공간.

희망이다.

신비한 나라이다.

도서관은 가족 같다.

그냥 편안하고 좋은 곳이다.

…

— 도서관 이벤트 중 일부내용(아이들이 적은 '도서관의 정의')


도서관이 단순히 책을 대출/반납하는 곳이라고 정의한 학생은 딱 두 명뿐이었다. 아이들이 말하고 있는 도서관의 정의에는 내가 이 공간에 담아내고자 애썼던 것들이 고스란히 담겨있었다. 내 애씀이 아이들에게 잘 전해진 것 같아 몰래 울컥했다. 도서관에 오는 다른 선생님과 학부모님들은 학생들의 글을 읽으며 아이들에게 학교 도서관이라는 공간이 주는 의미를 새삼 다시 생각해 보게 되었다고 말했다. 그들은 자신이 알고 있던 '도서관'의 정의가 바뀌었음을 내게 고백했다.


"도서관이란 책으로 옳은 길을 만들어 가는 방법을 배우는 곳이네요."

"도서관은 아이들이 행복한 삶을 살 수 있도록 힘을 보태

주는 공간이네요."

"책은 그저 하나의 수단일 뿐, 책이 없어도 도서관은 도서관일 수 있을 것 같아요."

이제 와서 생각해 보니 내 인생의 힘든 시기마다 일보 후퇴의 안식처도 도서관이었다. 나에게 도서관은 인생의 베이스캠프 같은 곳이다.

# 3

## 책 좀
## 읽어줄까요?

# 새 학기 최대 고민은 동아리

문방구 앞에서 랜덤 뽑기 기계에 동전을 넣고 손잡이를 뺑그르 돌리면 약 2~3초간 뜸을 들이다가 정체 모를 장난감이 알록달록 동그란 플라스틱 통에 담긴 채 굴러 나온다. 새 학기 3월은 그 2~3초간의 뜸같다. 아니 정체 모를 장난감에 설레며 포장지를 뜯는 시간 같다. 작년의 운영 경험을 거울삼아 겨울 방학 동안 가다듬은 새 학기 계획들을 도서관 구석구석에 펼쳐놓느라 봄이 오는지 가는지 아는 체할 겨를이 없는 달이다.

학반이 정해지고 담임선생님과 아이들이 인사를 나눈 다음날부터 '학생 추천도서 영상' 접수를 시작했다. 학생들이 도서관에서 빌려 읽은 책 중에 재미있었던 책 4권의 제목을 적어내면 추천인의 이름을 넣은 추천도서 영상을 만들어 본관 출입구에서 온종일 틀어주는 프로그램이다. 영상에 나온 책들은 대출도 잘 되고, 추천한 학생들에게 책 내용을 질문하거나 추가로 추천을 요구하는 아이들이 더러 생기면서 작년에 제법 인기 좋은 프로그램이 되었다. 책부심쟁이들은 아직 홍보도 하기 전에 추천도서 영상에 자신의 이름을 새로이 올리고자 먼저 찾아왔다. 아마 다음 달쯤엔 따라쟁이들이 움직일 것이다. 샘쟁이들은 그다음 달쯤 겨우겨우 읽어낸 추천도서 목록을 들고 찾아올 터이다. 어떤 이유로 오든 대환영이다.

학생 도서부 모집도 시작했다. 홍보는 독서를 애정 하는 학생 위주로 차분히, 도서관을 바지런히 드나드는 책부심쟁이들에게 넌지시 스카우트 제의를 하며 동아리 신청 접수대장을 내민다. 용지에는 동아리 활동에 대한 안내와 주의사항을 꼼꼼히 적어두었다. 옆에서 구경하던 따라쟁이와 샘쟁이들이 친구 따라 강남 가듯 신청했다가 중도에 포기하거나 일 년 내내 후회하기 일쑤기 때문이다. 그러니 신청 단계에서부터 신중한 고민을 권해야 한다.

- 수요일 아침 8시 40분까지 1학년 교실에 들어가 그림책 읽어주는 활동을 할 수 있습니까?
- 일주일에 하루. 쉬는 시간에 도서관에 와서 대출/반납/정리 등의 봉사활동을 할 수 있나요?
- 중간에 동아리를 바꿀 수 없습니다. 괜찮습니까?
- 자치부, 방송부 등 다른 동아리와 중복 신청할 수 없습니다.

확인했나요?

• 동아리 시간에 약속한 책을 끝까지 읽어올 수 있나요?

체크리스트에 답을 하다 현타를 맞고는 슬며시 연필을 놓는 아이도 있다. 좀 더 신중하게 고민해 보고 다시 오겠다고 한다. 새 학기가 되면 4~6학년 학생들은 새로운 동아리 선택을 놓고 결정의 그날까지 술렁인다. 직접 동아리를 개설하겠다며 멤버 영입을 위한 홍보를 하고 다니는 학생도 있고, 삼삼오오 모여 어떤 동아리에 가입하는 게 좋을지 정보를 교환하기도 한다. 한번 선택하면 바꾸기 어렵기 때문에 행복한 동아리 시간을 위해 아이들은 심사숙고를 거듭한다.

저학년은 '참살이(년 2회의 학교 축제)' 기간에 선배들의 '동아리 결과물 발표'를 구경하면서 자신들의 4학년 동아리 생활을 마음껏 상상한다. 누구나 동아리 장이 되어 개설할 수 있지만 그에 따른 책임도 질 수 있도록 '동아리 결과물 발표'가 필수사항이다. 선택은 최대한 민주적인 방법을 제시한다. 가위바위보로 탈락해서 어쩔 수 없이 남는 자리 아무 데나 들어가는 대참사가 일어나지 않도록 세심히 배려하는 것도 중요하다. 모든 학생은 자신이 원하는 것이 무엇인지 진지하게 고민해야 하는 시즌이다. 아이들이 좋아하는 것을 선택할 수 있도록, 선택한 활동에 적극적으로 참여해서 결과물을 발표하는 경험을 할 수 있도록 안내하는 것이 담당 선생님들의 몫이다. 담당 선생님이 동아리 시간에 무언가를 주도적으로 가르치거나, 끌어가지 않는다. 시간, 공간, 예산을 지원해 줄 뿐 운영 주체는 전적으로 학생이다.

새 학기가 되면 온갖 동아리가 범람한다. 만화, 댄스, 밴드, 마술, 외발자전거, 요리, 켈리, 요가, 줄넘기, 축구, 컵 쌓기, 소설 쓰기, 벽화 그리기 등등. 최고의 선택을 위해 학생들은 더없이 진지해진다. 방송부, 자치부, 도서부 등은 조금 예외적으로 담당 선생님이 동아리를 미리 만들어 놓고 학생들을 기다리는 경우이지만 선택에 대한 자율과 책임의 무게는 동일하다.

아침 활동 시간에 교실에 들어와 그림책을 읽어 주는 도서부 선배의 모습을 보며 1, 2학년들은 멋있게 도서부 활동을 하는 자신의 5학년을 상상한다. 그러다 막상 5학년이 되면 다시 진지하게 고민한다.

'진짜 내가 할 수 있을까?', '자치부도 멋있던데…'. '만화부 활동도 해 보고 싶고…'. '내 단짝은 무슨 동아리에 들어갈까?', '○○가 도서부 들어간다고 하면 나도 도서부 할까?'

"그런데 선생님~~ 도서부는 뭐 하는 동아리예요?"

사서는 담임처럼 특정 학급을 담당하지 않다 보니 동아리 학생들과 제일 많은 시간을 보내는 셈이다. 그러니 어떤 아이들이 도서부에 들어올지 결정될 때까지 나도 덩달아 술렁인다. 사실 도서부는 동아리 활동 시간이 아니어도 누구든 원하면 쉬는 시간에 봉사할 수 있는 기회를 주고 있지만, 이렇게 동아리 활동까지 함께 하는 학생들과 나는 특별히 더 돈독해진다.

교사들끼리도 동아리 시간이 있다. 학생들처럼 누구든 동아리를 개설할 수 있고 어느 동아리든 참여할 수 있다. 나는 매년 교사들을 위한 그림책 동아리를 끌어오고 있는데 작년에는 새 학기에 교통사고가 나는 바람에 멤버 영입을 못했고 친한 선생님 4명이 겨우 모여 단출한 동아리를 꾸렸었다. 올해는 교사 동아리 명단에 일찌감치 '그림책 동아리'를 올려둔 덕에 무려 10명의 선생님이 모였다. 특별한 준비 없이 그저 그림책 두어 권과 간단한 간식을 챙겨서 만났다. 첫 교사 동아리 모임에서 작년에 함께 했던 한 선생님이 좌중을 둘러보며 감격하셨다.

"사서샘~ 우리 그림책 부흥에 성공했어요~!"

다 함께 박장대소한 뒤 어색한 인사를 나누고는 첫 그림책으로 『핑!아니 카스티요』을 함께 읽었다. 가는 말과 가는 마음은 내 몫이지만, 돌아오는 대답과 돌아오는 마음은 상대방의 몫임을 탁구에 빗대어 이야기하는 따뜻한 그림책이다. 그림책을 읽고 난 뒤 돌아가며 소감을 나눴다.

이번 학기에 잠시 기간제로 일하게 된 보건 선생님이 업무와 연관해서 감상을 말하다 자기도 모르게 눈물을 툭 떨궜다. 새 업무에 적응하느라 너무 바쁘고 고단했는데 지금 갑자기 마음이 무장해제되어 버렸단다. 그 지친 마음에 백번 공감하기에 다 함께 토닥여 준다는 게 그만 눈물 바이러스가 사방으로 번져버렸다. 갑작스런 눈물바다가 웃겨서 웃다가 울다가 머쓱해서 과자를 한입 먹다가 우리는 서로 다정해졌다.

사실 선생님들은 일과 중에 너무 바빠서 한 달에 한두 번 겨우 모이는 동아리이지만, 바쁘기 때문에 더더욱 잠시라도 짬을 내어 동아리 시간에 참석을 하려고 한다. 그래야 일 이야기 말고 다른 대화도 나눠 볼 수 있고, 잠시 숨통 트이는 휴식도 가질 수 있기 때문이다. 그 한두 시간을 공유하고 나면 마음이 그렇게 포근하고 든든할 수 없다. 덕분에 학교 선생님들과 소통하는데 두려움 대신 친근한 마음을 낼 수 있었다. 아이들의 동아리 활동 역시 그 소중함이 어른들과 다르지 않기에 이번 3월에도 아이들은 고민에 고민을 거듭하고 있다.

# 예비 도서부 반장의 차이 나는 클래스!

겨울방학 틈틈이 내 곁을 지키며 도서부 반장의 꿈을 키우는 예비 6학년 학생이 있다. 청구기호 보는 방법이나 도서 검색하는 법도 배우고, 자신이 담당할 서가도 이미 정해 두었다. 새 학기 동아리 시간에 어차피 다 배울 건데도 자꾸 배움을 재촉하는 아이가 밉지 않아 미주알고주알 알려주었다. 새 학기에 친구들에게 추천할 신간도서를 미리 골라야 한다며 방학 내내 열심히 읽는 모습이 말도 못 하게 기특하고 예쁘다.

자기주도력이 높고, 주변을 긍정으로 대하는 태도가 남다른 이런 거짓말 같은 캐릭터가 매년 두어 명씩 도서관에 존재한다. 정말이다. 이런 아이들이 주축이 되어 끌고 갈 새 도서부가 벌써부터 기대된다. 이 아이가 도서관을 뻔질나게 드나든지 족히 2년도 넘었으니 독서 내공도 상당하다. 언제부터 이렇게 도서관에 빠져들었는지 잘 기억나지 않지만 여하튼 오늘은 1학년들에게 그림책 읽어주기 봉사하는 방법을 배우고 갔다.

"그림책은 표지부터 벌써 이야기가 시작되는 거야. 그러니 1학년들과 표지를 함께 감상하고 질문을 하며 내용을 미리 상상해 보면 더욱 재미있게 책을 즐길 수 있어. 그래. 제목, 그림 그린이, 글쓴이, 옮긴이, 출판사뿐만 아니라 말풍선 속의 작은 글자들도 다 읽어주는 것이 좋아. 커버에 붙은 면지도 소홀히 볼 수 없지. 그림책 작가들은 면지 마저도 어떤 의미를 담아두거든.

그림책은 짧지만 책을 끝까지 신속하게 읽는 게 목적이 아니라는 걸 명심해야 돼. 그림책은 그림의 구석구석을 함께 들여다보며 발견한 내용을 서로 말해보고, 질문을 만들어 보면서 생각을 주고받기 위한 좋은 도구인 셈이지. 그래~ 읽다가 의문이 생기면 물어보면 돼. 대답을 들어보면서 각자의 생각을 구경하는 거야. 그건 독서의 흐름이 끊기는 게 아니야. 우리는 그 질문을 발견하기 위해 함께 읽고 있는 거야. 물론 정답이 없는 질문이기에 더욱 매력적인 시간이지. 봉사하면서 같은 책을 여러 번 읽어 줄수록 처음에 놓쳤던 질문을 더 많이 발견하는 재미가 쏠쏠할 거야~.

책은 스캔해서 큰 화면으로 자세히 보여주면 좋기야 하지만 읽어 주는 사람과 눈을 마주치지 않기 때문에 질문과 대답이 오가는데 방해가 되기도 하고, 공감하는 재미가 떨어질 수도 있어. 그래서 가능하면 잠시 앞으로 나와 바닥에 둘러앉으라고 한 다음에 읽어 주는 게 좋아. 오른손잡이지? 그럼 조금 무거울 수도 있겠지만 책은 내가 고개를 숙이지 않아도 되는 어깨 높이 오른쪽에 오른손으로 펼쳐 들고 읽어줘야 해. 고개를 숙여서 읽게 되면 발성이 막혀서 소리가 잘 나오지 않거든. 책장을 넘길 때는 왼손으로 그림을 가리지 않게 넘기면 돼.

책은 1, 2학년이 함께 공감할 만한 내용이 담겨 있고, 그 수준의 아이들이 이해할 수 있을만한 걸로 고르되, 읽어 주는 사람이 재미있다고 느껴지는 책으로 골라야 해. 꼭 교훈이 담겨 있을 필요는 없어. 감동이든 교훈이든 재미있게 읽는 과정에서 자연스럽게 느껴지는 것이니까. 유명한 책 말고 재미가 있는지를 생각해서 선택하면 충분히 좋은 책을 고를 수 있을 거야. 여기 선생님이 새로 들어온 그림책들을 따로 모아뒀으니까 한번 골라봐.”

예비 반장은 그 자리에서 서너 권을 쓱쓱 읽더니 제법 평가를 해 댄다.

“저 책은 1학년들이 친구에 대해서 궁금해할만 한 내용이 담겨 있어서 좋을 것 같아요. 하지만 2학년쯤 되면 이미 다 생각해 봤을 법한 내용이라 시시하다 할 수도 있을 것 같아요. 와~ 이 문장 정말 멋있어요. 이 책을 동생들에게 읽어주면 좋겠어요!"

슬쩍 보니 내용이 너무 길고 1학년에게 조금 어려울 수도 있을 것 같았지만 예비 반장의 첫 선택을 존중해 주었다. 다만 한 번만 읽어 달라고 졸랐다. 나는 마침 도서관을 어슬렁거리던 1학년 3명을 끌어다 품에 안고 예비 반장 앞에 졸졸이 앉았다. 예비 반장은 절대 안 읽어 줄 것처럼 빼더니 멍석을 깔아 주자 또랑또랑 읽기 시작했다.

긴장을 했는지 표지도 보여 주는 둥 마는 둥 질문 두 개 겨우 하고는 아주 빠른 속도로 읽어 버렸지만, 지켜보는 1학년들의 호기심 어린 표정과 선망의 시선은 예비 반장을 빛나게 해 주기에 충분했다. 마지막 장을 덮자마자 나는 큰 박수를 쳤고, 1학년들은 그 그림책이 무슨 보물이라도 되는 양 서로 자기가 먼저 다시 읽어 보겠다며 앞다투어 가져가 읽었다.

자신감이 풀 충전된 예비 반장이 거만한 표정으로 선생님의 독서가 궁금하다며 나를 인터뷰하기 시작했다. 휴…. 이래서 내가 읽기를 멈출 수가 없다. 마지막 질문은 정말 거짓으로 절대 답할 수 없는 질문이었다.


"선생님은 어디서 책을 읽으세요? 책을 어디서 읽으면 가장 좋을지 궁금해요!"

예비 반장 아니랄까 봐 질문 난이도가 높다.

"소설책은 상상하며 느긋이 감상할 수 있게 침대나 빈백 같은 곳에 편안하게 퍼질러 누워서 읽어. 정보를 주는 책은 책상이나 식탁 같은 곳에 올려두고 연필을 들고 읽지. 그림책은 그림을 꼼꼼히 잘 들여다보며 생각할 수 있게 조용하고 밝은 조명이 있는 공간에서 읽어. 특히 누군가 소리 내서 읽어주는 걸 들으며 함께 감상하기를 제일 좋아해."

"저는요~ 동화책은 침대에 기대앉아 느긋하게 읽지만, 어려운 책은 비스듬히 엎드린 다음 팔꿈치의 힘을 이용해서 읽어요. 아! 대신 정말 좋아하고 재미있는 책은 곁에 간식을 두고 푹신한 소파에 앉아서 읽어요. 그래야 읽는 맛이 좋거든요~. 그림책은 그렇게 읽어야 좋을 것 같아요!"

팔꿈치의 힘으로 읽는 책이라니. 읽는 맛이 좋은 책이라니. 내가 졌다!

# 아무것도 가르치지 않는 독서동아리

시작 전부터 말도 많고 탈도 많았던 학생 독서동아리 '책톡!900'이라는 교육청 공모사업이 올해도 시작되었다. 학생들이 직접 선정한 책을 미리 읽고 방과 후에 도서관에 모여서 책수다를 나누는 90분의 시간이 10번 모이면 900분이 된다는 뜻에서 '책톡! 900'이라는 이름이 붙었다. 이 동아리의 특징은 세 가지이다.

1. 자유로운 선택이 필수. 동아리 가입 여부, 책 선정, 운영하는 방식, 운영 기록, 간식 선택 등. 뭐든 다 학생들이 의논해서 결정한다.
2. 넉넉한 예산 지원. 책도 사주고, 간식도 사주고, 서점도 데려

가 주고, 방과 후에 시간과 장소도 내어준다. 담당 교사에게

가장 중요한 업무이다.

3. 교사는 아무것도 가르치지 않는다. 그저 같은 책을 읽고 같

은 자리에 앉아 있어 줄 뿐 운영에 개입하지 않기 위해 노력

해야 한다.


벌써 4년째 이어오고 있는 5학년 대상 독서동아리로 학부모님과 학생들의 만족도가 아주 높은 프로그램이기에 올해도 포기할 수 없었다. 저학년들은 5학년이 되면 꼭 이 동아리에 가입하겠노라 다짐하며 구경하고, 학부모 도서 도우미들은 내 아이를 꼭 저 동아리에 보내야겠다고 다짐하며 책톡 활동을 구경하신다. 안타까운 건 막상 모집을 해 보면 희망자의 80%가 꽉 찬 학원 스케줄 때문에 참여를 포기한다는 것이다.

올해 역시 희망자는 많았지만 접수 가능한 학생은 드물었다. 다행히 열심히 홍보한 끝에 목표 인원을 꽉 채워 모집이 완료되었다. 사전 모임에서 아이들의 열띤 경합 끝에 선정된 책은 『취미는 악플, 특기는 막말김이환 외』로 학교폭력에 관한 5개의 단편이 옴니버스 식으로 담겨진 소설집이다. 10대들이 한 번쯤 겪어봤을 법한 악플, 언어폭력, 왕따, 사이버 폭력 등의 이야기가 현실감 있게 다뤄지고 있다.

책을 미리 읽고 도서관에 모여, 사전 모임에서 투표로 결정한 간식(햄버거와 콜라)을 먹으며 책수다를 펼쳤다. 첫날이라 아직 대화가 서먹했는데 햄버거가 도착하자 분위기는 금세

화기애애해졌다. 독서모임에서 간식은 책 보다 더 중요한 준비물이다.

오늘 진행을 맡은 학생이 '제일 좋았던 문장 돌아가며 말해보기'도 하고, 책을 읽으며 궁금했던 질문을 던지기도 하며 진행했다. 국어 시간에 배웠는지 제법이다. 책수다 중에 누군가 '학교생활을 하면서 겪는 어려움이나 고민을 누구에게 털어놓는가?' 하는 물음을 던졌는데 아이들의 대답이 흥미진진했다. 베프 한 명에게만 말한다. 엄마에게만 말한다. 아빠에게 '만' 말한다는 없었고 아빠에게 '도' 말한다는 학생은 한 명 있었다. 아무에게도 말하지 않는다는 친구도 두 명이나 있었다.

엄마에게 말하지 않는 이유는 엄마는 내 편이 아니기 때문이라고 했다. "네가 ○○했으면 괜찮았을 텐데…." 아니면 "네가 ○○를 잘못한 거 아니야?"라며 남의 편을 먼저 드는 엄마의 훈수가 서운하기 때문에 차라리 말하지 않는 편이 낫다고 했다. 반대로 엄마에게만 말한다는 친구는 엄마는 절대 소문 내지 않고 유일하게 믿을 수 있는 사람이기 때문이란다.

아빠에게 말하지 않는 이유는 아빠는 대부분 집에 잘 없거나 아침에 잠깐 보거나 며칠에 한 번 보기 때문에 대화할 시간이 없고, 그래서 반드시 의논이 필요한 일이 아니면 말하지 않는 게 좋다고 했다. 혹은 아빠는 골프를 치거나 술을 마시면서 소문을 다 내버리기 때문에 절대 말하지 않는다는 아이도 있었다. 아무에게도 말하지 않는 이유는 말한다고 해결되는 것도 아니고 소문이 나면 더 골치 아프기 때문에 그냥 아무에게도 말하지 않고 잊어버리는 게 제일 좋은 방법이란다.

아이들은 보안 유지를 제일 염려하는 듯했다. 믿을 사람이 한 명도 없다는 아이의 눈은 슬퍼 보였다. 언뜻 책 이야기를 하는 것 같지만 사실 책은 거들 뿐이다. 책수다를 나누다 보면 서로 다른 다양한 삶의 방식을 들여다보며 공감하고 이해하는 수순으로 대화는 흘러간다. 그러면서 아이들은 자연스레 다름을 받아들이고 자신만의 언어를 가지게 된다.

책톡 10회기를 마칠 때쯤이면 아이들은 놀랄 만큼 성숙해 있다. 게임이나 시험, 공부 같은 주제 말고 자신들의 삶이 담겨있는 고민을 진지하게 나누고 듣는 경험을 처음 해 본다는 친구들이 많다. 그만큼 아이들의 하루는 너무 바쁘다. 고작 900분의 시간으로도 생각이 훌쩍 크는 아이들을 보면서 확실히 알 수 있었다. 아이들에게는 더 많은 잉여시간이 필요하다.

스스로 질문하고 서로 답하는 중에 배움이 일어나는 '책수다 동아리'. 정말 간단한 프로그램이지만 이런 순간을 아이들에게 선물해 주는 과정은 도무지 간단하지 않다. 게다가 프로그램에서 교사 1명에게 허락되는 인원은 1년에 최대 8명이다. 더 많은 아이들이 일상에서 이런 사색의 시간을 더 많이 누릴 수 있었으면 좋겠다.

# 내일 또 어리석을 우물안 개구리

진주는 2018년부터 국제 재즈페스티벌을 매년 여름 개최하고 있다. 공연을 좋아하는 J와 작년 재즈페스티벌에 대한 이야기를 나눴다. 작년에는 이상하게 좋은 공연이 부족했다는 기억을 떠올리며 그 이유에 대해 정형화된 연주를 꼽았다.

흑인들의 민속 음악에서 그 유래를 찾을 수 있는 '재즈'는 연주자가 곡을 감각적으로 재해석하여 자유분방하게 연주해내는 부분을 감상하는 묘미가 있는 음악이다. 그런데 작년 공연장에서 연주된 재즈 음악들이 뭔가 딱딱했다는 것이다. 재즈의 자유로운 변주를 살리지 못하고 칼같이 정직하게 연주하는 공연 스타일에 아쉬움을 느꼈던 것이다.

얼마전 도서관에서 내가 느낀 게 바로 그 지점이었나 보다. 3학년 담임선생님이 올해 처음으로 아이들을 도서관에 데리고 오셨다. 선생님은 KDC 분류별로 나눠져 있는 도서관의 서가를 하나하나 소개하며 학생들에게 책이 주제별로 분류되어 있음을 차분한 목소리로 설명하셨다. 참 자상하고 꼼꼼한 선생님이라며 내심 감탄하던 그때였다.

"자, 도서관에 어떤 책이 있는지 다 소개했으니 오늘은 800 문학에서만 책을 골라서 대출하도록 하겠습니다."

아… 왜? 이런 신선한 전개는 처음이라 무척 낯설고 당황스러웠다. 로봇 책을 보고 싶다는 아이, 과학실험 책을 보고 싶다는 아이, 마음사전 책을 보고 싶다는 아이들이 나와 같은 궁금증을 품고 투덜거렸다.

"선생님~ 저는 어제 읽던 역사책을 이어서 보고 싶은데요~. 900에서 고르면 안 돼요?"

담임선생님은 단칼에 거절했다.

"여러분이 책을 골고루 볼 수 있도록 선생님이 매주 주제를 정해 줄 거예요. 오늘은 '800 문학'의 책을 읽고, 다음 주에 '900 역사'에서 책을 고르도록 할게요."

실망한 기색이 역력한 학생들이 투덜거리며 '800 코너'로 갔다. 담임선생님이 운영하는 시간이므로 내가 개입할 수 없다. 분명 교육적 목표가 따로 있어서 정한 방향일 테니 실례가 될지도 모를 내 질문은 조심스레 삼켰다.

아마도 나는 도서관에서 독서라는 것은 재즈처럼 자유분

방한 변주가 허락되어야 한다고 생각했기 때문에 아쉬운 감정을 느낀 게 아닐까 뒤늦게 생각해 보았다. 매주 정해진 주제의 서가에서만 책을 골라야 하는 구체적인 이유가 무엇인지 나는 결코 물어보지 않았다. 3학년 담임선생님에게 독서란 재즈보다는 클래식과 같이 정교한 아름다움이 필요한 장르일지도 모르겠다는 상상을 내 마음대로 해 보았다.

보통 학교의 인사이동은 3월과 9월에 있다. 하지만 지금 내 자리는 당시 전담 사서 정식 발령에 행정적 문제가 발생하는 바람에 차선책으로 급하게 9개월짜리 계약직 구인 공고를 냈었고, 그렇게 채용된 나는 예외적으로 4월에 홀로 첫 출근을 했다. 덕분에 3월에 모두에게 안내되었던 학교와 교직원 소개의 많은 부분이 나에게는 생략되었다.

난생처음 학교라는 곳으로 첫 출근하던 날. 새벽 일찍 일어나 정장을 차려입고 안 하던 눈 화장까지 하며 공을 들인 다음 일찌감치 출근을 했다. 당시 교무주임 선생님은 운동복 차림으로 나를 몇몇 교직원들에게 소개해 주었다. 행정실에서 일하는 분들과는 시답잖은 농담으로 인사를 건네며 새로 온 사서라고 나를 소개해 주었다.

'교무주임 선생님'이라는 직책이 어떤 역할인지 전혀 몰랐던 나는 그 선생님에 대해 특별히 궁금하지 않았다. 아니 사실은 매일 학교 여기저기를 기웃거리다 도서관에도 한 번씩 들러서 이런저런 질문을 하고 가는 그를 보며 시간 많고 별 할

일 없는 그런 직원인가 보다 정도로 생각했다. 사서 업무에 적응하는 것만으로도 너무 힘들어서 학교 돌아가는 일에 철저히 무심했다.

해가 바뀌고 나서야 '교무주임'이라는 직책에 대해 어렴풋이 알게 되었다. 학교에서 일어나는 전반적인 상황을 다 꿰차고 컨트롤 타워 같은 역할을 하는 중간리더가 교무주임이었다. 그 선생님은 시간이 많아 학교를 기웃거렸던 것이 아니었다. 체육교과 전담을 맡고 있었기 때문에 매일 운동복 차림이었고, 학교 살림과 행사들을 조율하는 바쁜 와중에도 초짜 사서를 위해 짬을 내어 굳이 도서관에 들러 여러모로 챙겨주었다. 학교 업무 시스템에 대해 그야말로 일자무식이었던 나는 고마워하기는커녕 제대로 알아보려 하지도 않고, 그 선생님을 오랜 시간 한가한 분으로 오해했다는 걸 뒤늦게 알았지만 그 선생님은 이미 전근을 떠난 후였다.


도서관 방문 첫날 '매주 선생님이 정해주는 분류번호의 책만 읽어야 한다'라고 선포했던 3학년 담임선생님이 아이들과 다시 오셨다. 싫다고 투정하는 아이들의 항변에 엄한 얼굴로 '골고루 읽어야 하기 때문'이라던 담임선생님의 대답은 아이들을 이해시키기에 충분하지 않았다. 나 역시 책을 골고루 읽히는 게 오랜 숙원사업이지만 이렇게 강경한 방식에는 솔직히 거부감이 들었다. 지금에서야 하는 생각이지만 어쩌면 나는 사서로서 내가 가지고 있던 짧은 경험치 안에 없는 상황은

오답이라고 치부해 버리는 거만함을 떨었는지도 모르겠다.

　　3학년 담임선생님은 도서관 두 번째 방문일에 '주제별 빙고판'을 준비해서 아이들에게 나눠주었다. 철학, 종교, 문학, 그림책, 동시, 역사, 잡지 등 16개의 다양한 주제가 칸마다 적혀있었다. 학생들이 자유롭게 주제를 선택하되 도장 깨기 하듯이 칸을 채워가며 다양하게 읽으면서 3줄 빙고를 완성하는 것이 1학기 목표라고 했다. 지난주 학생들의 부정적인 반응에 담임선생님은 고민을 거듭했고 결국 빙고라는 타협점을 찾아내어 독서 시간을 업그레이드한 것이다. 아이들은 자유롭게 책을 골라 읽으면서도 선생님이 바라던 대로 골고루 읽을 수 있게 되었다.

　　아니 이렇게 독서교육에 진심 어린 고민을 하는 선생님이었다니! 담임선생님의 고민을 들여다보고 도와줄 생각은 하지 않고 마음대로 선을 그어댄 나는 얼마나 옹졸했는가. 아무래도 교무주임 선생님 때 보다 더 큰 실수를 한 것 같다. 그때는 차라리 초보라 뭘 몰랐다고 변명이나 할 수 있었지만, 이번 실수는 오롯이 내 몫의 어리석음이었다.

　　담임선생님이 들고 온 '주제별 빙고판'은 정말 좋은 아이디어였다. 진작 함께 의논하지 못했던 좀생이 같은 마음을 들킬세라 조금만 변형하면 전 학년을 대상으로 하는 좋은 독서교육 행사도 진행할 수 있겠다며 호들갑스레 박수를 쳤다. 담임선생님은 활짝 웃으며 이걸 찾아내느라 무수히 많은 검색을 했었노라 말했다.

작디작은 도서관을 뺑뺑이 돌며 일하는 나의 시야는 그야말로 우물 안 개구리 같을 수밖에 없음을 자꾸 깜빡한다. 하지만 별 수 있는가. 인정하기 싫지만 나는 내일 또 어리석을지 모른다. 그러니 틀린 것을 발견할 때마다 각도를 수정해 나가는 수밖에. 이번 방학 행사는 '주제별 빙고판' 3줄 채우기다.

우리는 우리를 둘러싼 세계를, 우리 발밑의 가장 단순한 것들조차 거의 이해하지 못하고 있다는 사실 말이다. 우리는 전에도 틀렸고, 앞으로도 틀리리라는 것. 진보로 나아가는 진정한 길은 확실성이 아니라 회의로, '수정 가능성이 열려 있는 회의'로 닦인다는 것.

—『물고기는 존재하지 않는다룰루 밀러』 중에서

# 독서모임이 주는 슈퍼파워

꿈에 그리던 사서가 되었지만 풀어야 할 숙제가 정말 많았다. 까마득한 옛날에 배웠던 전공수업 내용은 기억나지도 않고, 학교라는 교육 기관의 특별한 조직문화에 적응하는 것도 쉽지 않았다. 도서관에서 사용하는 DLS는 낯설었고, 에듀파인 품의도 생소했다. 쉬는 시간 종이 치면 복도 끝에서부터 아이들이 우다다다 달려오는 소리에도 가슴이 할딱할딱 뛰었다. 무엇보다 초보 사서를 힘들게 했던 것은 불쑥불쑥 날아오는 이용자들의 질문이었다. 뭔가 그럴듯한 대답을 하고 싶었지만 매번 바닥이 금방 드러났다.

"3-1반 교실은 어디예요?"

"여름 방학은 언제 해요?"

"이번 주 2학년들 무슨 행사한대요?"

이런 학교 관련 질문은 정신만 바짝 차리고 있으면 얼추 대답할 수 있었다.

"학습만화는 왜 없어요?"

"이건 왜 비치 도서예요?"

"영어 원서는 몇 권정도 있어요?"

이런 도서관 운영에 관련된 질문도 시간이 지나면서 익숙해졌다. 문제는 책에 관련된 질문이었다.

"독서를 싫어하는 6학년에게 추천할 만한 책 있나요?"

"한글 익히는 데 도움 될 만한 책 좀 골라 주세요."

"요즘 머리가 너무 복잡한데 좀 가볍게 읽을 만한 책 있을까요?"

"갈색 표지에 소설책인데 남녀 학생이 마주 보고 있고, 왜 우냐고 물어보는 책 좀 찾아주세요."

"….."


책을 정성껏 골라서 구매하고, 정갈히 정리하느라 진땀을 빼면 뭐 하나. 매일 책 표지만 쳐다봤지 내용을 속속들이 알지 못했다. 물론 그 많은 책을 다 읽어볼 수는 없겠지만 그 중 단 몇 권도 제대로 읽어 볼 시간이 허락되지 않았다.

사실 욕심은 냈었다. 출근하면 컴퓨터를 켜기도 전에 몰려드는 학생들을 응대하며 온종일 숨 가쁜 와중에도 탐나는 책들이 자꾸 눈에 들어왔다. 욕심껏 이것저것 찜 해뒀다가 퇴근 가방에 쑤셔 넣었다. 하지만 온종일 나를 기다린 가사와 육아에 밀려 출근 가방에 그대로 담겨 도서관으로 돌아오는 게 현실이었다. 휴일에는 소파에 뻗어서 인기 드라마들을 감상하며 지친 육신을 달래느라 책 읽을 틈이 없었다. 정말이다. 정말 바쁘고 정말 피곤했다. 책을 읽어야 답할 수 있는 질문들이 늘 나를 기다리고 있었지만, 시간이 아무리 지나도 나는 책 표지만 매만지는 반쪽짜리 사서가 되어 있었다. 좀 더 솔직하게 말하자면 명색이 사서인데 독서가 너무 어렵다는 사실을 인정해야 했다. 그래도 왕년에 독서 꽤나 했다고 자부하는 사람이건만 실망스럽게도 사서가 된 후로는 되려 책 읽을 시간이 정말 없었다.

어느 날 학생 독서동아리의 아이들이 눈에 들어왔다. 학기 초에 어설픈 본새로 책도 잘 안 읽어 오던 아이들이 2학기 무렵이면 독서모임의 찐 팬이 되어 끈끈하게 독서 경험을 공유하며 발전하는 모습이 보였다. 아! 순간 눈이 번쩍 뜨였다. 어른이라고 다르겠는가?

그 해 겨울 1월. 부끄럽지만 나는 새해 목표를 '독서'로 잡았다. 독서 습관을 만들기 위해 특별한 방법을 강구해야 했다. 고민 끝에 두 개의 독서 모임에 나를 꽁꽁 묶었다. 하나는 그림책을 함께 읽고 이야기를 나누는 '그림책강정'이라는 일반인 대상 지역 모임이고, 또 하나는 사서 선생님들과 함께하는 '심야비행'이라는 독서모임이다. 사실 심야비행은 내가 만들었다. 분명 나와 같은 고민을 하는 사서 선생님들이 있을 것이라고 생각했다. 지역 사서 커뮤니티에 함께 책을 읽고 도서관 운영에 도움 되는 정보도 교류하고 싶다는 제안을 조심스레 했더니 감사하게도 다섯 명의 사서 선생님들이 손을 잡아 주셨다.

우리는 코로나가 심할 땐 온라인으로, 코로나가 잠잠할 땐 오프라인으로 꼬박꼬박 만났다. 나는 분명히 책 읽을 시간이 없었는데 두 개의 독서 모임을 시작하니 청소기는 못 돌려도 책은 읽어졌다. 유튜브 신규 영상은 못 봐도 책은 읽게 되었다. 아는 것도 없는데 독서 모임에 어찌 참여할지, 경험도 없는데 독서 모임을 어찌 끌어 나갈지 미리미리 했던 걱정은 다 쓸데없는 것이었다. 생각을 행동으로 옮기니 그다음으로 필요한 생각도 실타래 풀리듯 자연스럽게 따라왔다.

그렇게 제2의 독서 인생이 시작되었다. 독서 모임에서의 시간이 즐겁고 보람된 만큼 생활 속에서 독서의 우선순위가 자연스럽게 올라갔다. 전혀 예상하지 못했지만 책을 읽고 여러 사람과 감상을 나누는 경험은 옹졸한 내 품을 키워주었다. 우물 안 개구리 같던 시야도 넓혀 주었다. 누군가의 잔소리나 조언이 아니라 그저 옆 사람의 생각을 듣는 것만으로도 나를 깊이 돌아보게 되었다. 사서로서의 자신감은 덤으로 따라왔다. 밤이 깊은 줄 모르고 서로의 이야기에 귀 기울였던 사람들과는 결국 둘도 없이 끈끈한 사이가 되어버렸다. 그저 책 이야기나 하려고 시작했는데 고개를 들어보니 어느새 이들과 나란히 삶을 걷고 있었다.

　독서 모임은 혼자 하는 독서와는 비교할 수 없는 힘이 있다. 어느 해는 그림책강정에서 함께 읽었던 좋은 그림책들을 모아 너른 카페에서 그림책 전시회를 열었다. 어른들도 흔히 그림책을 읽고 감상을 나누는 문화가 확산되었으면 하는 구성원들의 마음을 담은 작은 실천이었다. 심야비행에서 함께 읽은 책과 함께 나눈 도서 정보들을 꼼꼼히 기록하다 보니 어느새 학교 도서관 운영에 큰 자산이 되었다.

　다른 사서 선생님들에게도 이 좋은 방법을 알려주고 싶어 한 사서 연수에서 심야비행의 경험을 공유했었다. 혼자 읽었다면 결코 일어나지 않았을 일들이다. 아니, 산만하고 우유부단한 나는 끝내 아무것도 읽지 못했을 수도 있다. 함께 읽고 이야기를 나누다 보니 단어 조각으로 떠다니던 생각이 문장으로 일목요연하게 정리되어 마침표가 찍혔다. 점이 하나씩 찍힐 때마다 단단한 무언가가 내 안에 차곡차곡 쌓였다. 그러다 어느 날은 자꾸만 차오르는 문장들을 풀어 내 보고 싶다는 생각이 불쑥 고개를 내밀었다. 덕분에 지금 이렇게 글을 쓰고 있다. 5년 전, 끝없는 책 더미 속에 파묻혀 책 먼지와 눈물을 함께 닦아대던 나는 결코 상상할 수 없었던 모습이다.


　'그림책강정'과 '심야비행'의 멤버 대부분은 직장 생활과 육아를 병행하며 독서 모임에 참여하고 있다. 결코 쉽지 않은 일이다. 하지만 모두들 시간의 주인이 되어 짬을 만들어 낸다. 독서 모임은 그런 의지를 만들어내는 힘이 있다. 12월의 마지막 해가 저물고 있다. 고단하고 바쁜 와중에도 기꺼이 점을 찍으며 보냈던 시간들이 굵은 선이 되어 내가 나아갈 방향을 가리키고 있다. 흔들림 없이 나아갈 수 있도록 나침반이 되어준 독서 모임에 내년에도 소중한 점을 꼬박꼬박 찍어야겠다. 새해 소원으로 이번에는 더 많은 그림책강정과 심야비행이 전국에 생겨나기를 빌어본다.

# 같은 생각 속을 걷는 법

'심야비행'은 사서 선생님들과 4년째 이어오고 있는 독서 모임이다. 같은 일을 하다 보니 관심사도 비슷하고 같은 책을 읽으며 생각을 나누다 보니 삶을 바라보는 결도 닮아갔다. 우리는 어느덧 여행도 함께 다닐 수 있는 사이가 되었다. 지난 겨울에는 처음으로 1박 2일 부산 여행을 계획했다. 보수동 책방 거리, YES24 중고서점, 영도 흰여울 문화마을…. 모두들 평소 함께 가보고 싶었던 부산의 명소들을 신나게 읊었다.

그런데 막상 동선을 의논하다 보니 문제를 발견했다. 부산의 험한 교통 매너를 감당할 만한 운전 실력을 가진 사람이 우리 중에 한 명도 없다는 사실이다. 그렇다고 자가용 없이 1박 2일이라니, 요새 무릎도 시큰거리기 시작하는데, 무거운 여행 가방을 들고 얼마나 걸을 수 있을지 모두들 자신이 없었다. 어려움의 크기를 한참 저울질 한 끝에 중년의 쫄보 5인은 결국 백팩을 메고 시외버스와 지하철을 이용하기로 결정했다.

지하철은 복잡하고 계단은 많을 텐데 겨울 여행의 짐은 눈치 없이 컸다. 나는 짐을 쌀 때부터 소수 정예의 필수품만을 챙기겠노라 다짐했다. 겨울 추위에 대적하기 위한 목도리와 뜨거운 물을 담는 텀블러, 기록을 위한 휴대용 키보드와 보조 배터리를 필수품으로 챙겼다.

모두가 같은 이유로 필수품만을 엄선해서 가방을 쌌는데 막상 가방을 열어보니 신기하게도 품목이 천차만별이었다. 샤워타월, 대형 화장품 파우치, 드라이용 롤 빗, 우산, 유산균과 영양제, 과일, 일행에게 나눠 줄 기념 선물, 여분의 마스크, 두꺼운 책까지. 필수품이 정말 다양했다. 우리는 유리문에 반사되어 쏟아지는 햇살의 색깔만큼이나 다양한 개성을 가진 존재라는 것을 새삼 알아차렸다. 특히 가방은 여행을 많이 다녀본 사람 순서대로 가벼웠다. 내 가방은 무거운 쪽이었다.

짐 꾸리기는 힘들었지만 차를 운전하지 않으니 좋은 점도 많았다. 예전에 차로 이동할 때는 보지 못했던 소소한 풍경과 골목길 맛 집들이 느리게 걷는 만큼 자세히 보였다. 술 한 잔도 마음 편히 마실 수 있었고 교통 체증이나 주차장 걱정도 할 필요가 없었다. 물건을 사면 들고 다니기 힘들 테니 자연스레 물욕이 다스려지는 효과도 있었다.

낯선 지하철 노선도를 더듬을 때마다 부산을 온몸으로

체험하는 듯한 긴장과 설렘이 공존했다. 꼼꼼한 성격의 그녀는 의외로 길치였고, 과묵한 그녀는 길 찾기 선수였고, 화통한 그녀는 모르는 길을 자꾸 앞장서서 걸었고, 체력 부자인 나는 걸음이 제일 느렸다. 걸음 속에서 발견하는 서로의 생경한 매력에 친밀도가 자꾸만 올라갔다.

들뜬 수다가 끊이지 않은 덕에 스마트 워치에 14,000보라는 기록적인 도보 숫자가 찍혀도 지칠 틈이 없었다. 굴러가는 낙엽만 봐도 웃는 게 사춘기라 했던가? 갱년기의 앞뒤에 서있는 여인들도 지지 않았다. 우리만의 속도로 걷는 걸음이 주는 여유를 주름진 눈가에 채워 넣고 바람에 머리카락만 나부껴도 까르르까르르 웃어제꼈다. 아이 없이, 남편 없이, 업무 없이 오롯이 내 감정과 욕구에 집중하는 시간. 우리는 오랜만에 사춘기 소녀들처럼 반짝이며 밤을 지새웠다.


독서 모임을 함께 한 세월만큼 우리가 함께 공유하고 있는 책과 사유의 범위는 넓다. 지난밤 늦게까지 이어갔던 책 이야기로는 뭔가 부족했다. 이른 새벽 숙소 창밖에 떠오르는 붉은 해를 보며 퉁퉁 부은 눈으로 누군가 지난달 함께 읽은 책 이야기를 중얼거렸다.

"『일 퍼센트김태호』의 마지막 장에서 고급 아파트 유리창 밖을 감격스럽게 내다보던 주인공이 생각나네요."

"아… 그 책. 홀로 남겨진 아들의 마지막 순간이 정말 안타까웠어요."

"아들의 부모님이 엘리베이터 앞에서는 후회를 했을까요?"

붉은 해를 가운데 두고 낮게 펼쳐진 구름과 해운대의 하얀 파도가 앞서거니 뒤서거니 하며 수평선을 부지런히 채워가는 장관을 함께 바라보며 길어 올리는 질문들.

"그런데 그 부모는 왜 그렇게까지 돈에 집착해야 했을까요?"

"극한의 가난을 경험한 사람의 선택은 경험하지 못한 사람과 다를 수밖에 없지 않을까요?"

세수한 얼굴에 로션을 찍어 바르며 대화는 이어진다.

"사람은 어쩔 수 없이 자신의 경험치 만큼만 공감할 수 있는 것 같아요."

아침 식사를 위해 숙소 근처 유명한 빵집에서 빵과 커피를 주문했다. 어느새 대화 속 책의 제목이 바뀌었다.

"소식 들었어요? 『죽이고 싶은 아이이꽃님』가 영화로 나올 예정이라네요."

달콤한 빵과 쌉싸래한 커피는 찰떡궁합이다. 커피 향은 고급스러웠고, 케이크는 특별한 식감을 선보였다. 이 집 정말 맛집이 분명하다.

"와! 그 소름 돋는 반전을 영상으로 표현하면 정말 극적일 것 같아요."

맛집답게 이른 아침부터 작은 빵집은 금세 손님으로 붐볐지만 우리는 책수다에 빠져서 눈치채지 못했다.

"과연 범인은 누구라고 할 수 있을까요?"

아뿔싸! 너무 오래 앉아 있었다. 다음 일정에 차질이 생길 것 같지만 뭐 아무럼 어떤가. 빵집을 나서서 영도 흰여울 문화 마을을 향해 이동하면서 대화는 이어졌다.

"교감 선생님이 했던 말속에서 우리가 놓치고 있는 것들을 떠올릴 수 있었어요."

"교감 선생님이 뭐라고 했었죠?"


나는 그때 해운대를 걷고 있었던 것인지, 책 속을 걷고 있었던 것인지 잘 기억나지 않는다. 하지만 함께 걷던 이들이 나와 같은 생각 속을 걷고 있었던 것은 분명하다. 나이도, 성격도, 삶의 여건도 다 다른 사람들. 이렇게 다른 존재들이 아카펠라 팀의 화려한 하모니 같은 1박 2일을 연주했다. 이 협주팀의 일원이 되기로 결정한 그때의 나를 칭찬하고 싶다. 독서의 힘이 위대한 것인지, 여행이 주는 여유가 대단한 것인지 정확히 가늠할 수 없지만 모두가 격하게 행복했다.

# 선생님 댁에 아이들은 책 잘 읽겠네요?

"선생님~! 이 책 진짜 재미있더라고요~!"

어제 추천한 『고양이 학교김진경』1부 1권을 들고 도서관으로 뛰어 들어오는 녀석에게 회심의 미소를 지으며 1부 2권을 건넸다. 그림책에서 줄 글 책으로 넘어가는 타이밍을 놓친 중학년들에게 권해서 실패한 적이 없는 책이다. 감히 대한민국을 대표하는 판타지 동화의 고전이라고 말할 수 있을 만큼의 재미와 작품성을 두루 갖춘 책이다. 다만 엄청 길다. 그래서 더 좋다.

밤마다 30분씩 읽어주면 일 년 정도의 시간을 함께 할 수 있다. 혹시 그전에 다음 이야기가 궁금해진 아이가 직접 읽어버리면 한 달 안에도 다 읽을 수 있다. 스스로 읽을 의지가 있는 아이에게는 책을 소개해 주고, 읽을 시간을 만들어 주면 된다. 아이는 읽고 나서 스스로 읽어낸 성공 경험으로 성장할 것이다. 읽을 의지가 부족한 아이에게는 읽어주면 된다. 아이들은 보통 읽기 능력보다 듣기 능력이 더 좋다. 들어서 이해하는 수준과 읽어서 이해하는 수준이 같아질 때까지는 읽어 주는 도움이 필요하다. 모든 성장이 그러하듯이 그 '때'는 아이마다 다르다. 만약 아이가 들으면서 상상하는데 성공하고, 그래서 긴 이야기가 주는 즐거움을 알아차리게 된다면 드디어 평생 독자의 길로 한 발 더 다가서게 된다.

자녀가 독서를 즐기지 않거나 아예 책을 멀리한다고 내게 고민을 털어놓는 부모님들이 많다. 아무리 책을 읽으라고 말해도 소용이 없어 답답하고 속상하다는 것이다. 말 안 듣는 문제의 아이를 둔 그분들께 하루 10분 만이라도, 단 몇 장만이라도 아이에게 '읽어주기'를 석 달만 해 보시라고 권한다. 물론 이 활동을 한다고 해서 아이가 금세 책을 즐기게 될 것이라고 기대한다면 우물에서 숭늉을 찾는 것과 같다.

이 활동의 기대 효과는 두 가지이다. 첫 번째는 '읽어주기'를 하는 순간만이라도 '책 읽는 부모'가 되는 시간을 선물해 준다. 부모가 책을 읽는다고 모든 자녀가 독서를 즐기는 것은 아니지만 부모가 책을 즐긴 적이 없는데 자녀가 책을 좋아하는 경우는 드물다.

두 번째는 독서의 어려움을 이해할 수 있다. '읽어주기'를 제안받은 거의 90%의 부모님이 중도에 포기하거나, 아예 시도조차 하지 못한다. 강한 의지와 목표를 가진 성인조차 꾸준히 하기 힘든 것이 '독서'이기에 게임과 유튜브가 범람하는 세상 속에서 학원 시간에 쫓겨 사는 아이들에게 '독서'라는 것이 얼마나 즐기기 어려운 취미인지 깨달으며 아이를 이해하게 된다.

아이를 향한 고민과 비난을 멈추는 것만으로도 반은 성공이다. 서로 이해하고 관계가 좋아야 서점이든 도서관이든 같이 갈 수 있을 테니 말이다. 아이들은 주 양육자의 식습관을 닮아 비슷한 체형과 건강 상태를 물려받는다. 주 양육자의 성품을 닮아 결이 비슷한 그릇을 물려받는다. 가장 많은 시간을 같은 공간에서 보내는 사람에게 많은 영향을 받는 것이 당연한 이치다. 부모에게 없는 독서 습관이 아이에게 생기기를 바라는 것은 품지 않은 달걀에서 병아리를 기대하는 것과 같다.

어느새 70이 훌쩍 넘어버린 나의 아버지는 하루도 거르지 않고 첫새벽에 일어나 아파트 뒷산을 오르는 것으로 하루 일과를 시작하신다. 벌써 40년도 더 지난 습관이다. 토요일 아침. 늦잠을 즐기고 싶은 어린 나를 굳이 깨워 뒷산에 끌고 가는 아버지가 정말 귀찮았고 절대 이해할 수 없었다. 나는 어렸고, 당연히 잠이 훨씬 더 달콤했다. 어쩌면 운동과 부지런한 습관에 대한 잔소리도 하셨을지 모르겠지만 기억에 남는 것은 없다. 그저 매일 새벽. 뒷산으로 향하는 아버지가 현관문을 여는 소리만이 어제 들은 듯 선명하다.

가족이 그 성실함을 알아주거나 말거나 아버지는 평생 한결같으셨다. 배운 것 없이 맨손으로 도시에 나와 학업을 이어가고, 가정을 일구고, 재산을 불리는 그 어려운 와중에도 한마디 불평 없이 작은 한 걸음을 끝없이 내디디셨다. 어린 날의 나는 솔직히 이런 아버지가 그저 답답하고 지루해 보였다. 당연하게도 나는 등산을 즐기지 않는 성인으로 자라 독립했다.

졸업과 직장 생활, 결혼, 임신, 출산, 양육 등 삶의 숙제를 풀어가며 살기 바빴던 젊은 날들. 누구나 그렇지만 살다가 인생에 브레이크가 걸린 시절이 있었다. 미움과 원망이 가득 차서 아무것도 제대로 먹을 수 없고, 이성이란 것이 제대로 기능하지 않는 날들이었다. 삶과 죽음을 고민하느라 일상이 피폐해지던 그때. 어느 날 문득 정신을 차려보니 나는 새벽마다 집 근처 문수산을 오르고 있었다. 나도 모르게 산을 찾아가 육신을 다그치며 무너져가는 멘탈을 부여잡고 있었던 것이다. 내 안에 인이 박히게 긴 세월 보여주신 아버지의 성실함이 위기의 순간 나를 살게 했다. 아버지는 말이 아니라 행동으로 내게 사는 법을 알려 주셨다.

나는 동화구연으로 태교를 했고, 두 아들이 아기일 때 집에 TV를 없앴다. 두 아들이 중학생이 될 때까지 책을 읽어 주었고, 스마트폰은 중학교 2학년 때부터 사용하게 했다. 두 아들은 정말 많은 책을 읽었고, 나와 많은 책 이야기를 나누곤 했다. 큰아들의 견해는 날카로웠으며, 작은 아들의 상상력은 늘 내 뒤통수를 쳤다.

"사서 선생님은 자녀들에게 그렇게 책을 많이 읽어줬으니 아이들이 책을 좋아하겠네요?"

학부모님들은 독서교육의 말미에 내게 이런 질문을 하곤 한다. 그렇게 독서하는 환경을 만들고 열심히 독서한 결과 나는 독서가의 삶을 살고 있다. 반면에 현재 고3, 고1인 두 아드님은 책을 즐기지 않는 비독서 인구의 한쪽 끝에 서 있다. 다른 평범한 아이들과 다를 바 없이 스마트폰 속에 자주 들어가 있고, 학업을 이유로 너무 바쁘고, 게임이 훨씬 더 재미있는 대한민국 청소년으로 건장하게 변모했다.

기대하던 임상실험 결과를 알려드리지 못하게 되어서 유감스럽다. 하지만 아이들의 삶은 현재 완성형이 아니라 진행 중이다. 아버지의 오랜 성실함이 내 안에 남아 결국 나를 새벽마다 뒷산 정상에 올려다 놓았듯이 나의 꾸준한 독서가 아이들의 삶에서 독서가 필요한 어떤 날 책을 펼쳐 드는 힘이 되어줄 것이라 믿는다.


아이는 말이 아니라 행동으로 배운다. 여태 '책 읽는 부모'가 아니었으니 욕심을 접으라는 뜻이 아니다. 오늘부터 실천하면 된다. 하루, 한 달, 일 년으로 완벽한 변화가 일어나지는 않겠지만 시간의 힘은 분명히 아이에게 가 닿는다. 물론 어렵다. 지금까지의 개인적 임상실험 결과에 의하면 가장 쉽고 확실하게 독서교육의 효과를 보이는 대상은 바로 '나'이다. 그러니 오늘 내 발을 독서의 길목으로 한걸음 내딛는 가장 쉬운 시작을 권해 드리고 싶다.

　　일정한 일을 이 주 동안만 꾸준히 계속하다 보면 그것
은 습관이 된다. 그것을 이 개월 정도 지속하다 보면 하지
않고는 못 배기는 일이 된다. 몇 년을 계속하다 보면 사람이
바뀐다. 좋은 것이든 나쁜 것이든 습관은 나를 구성하며 나
의 가치를 드러낸다.

　　　　　　　　—『모든 것은 기본에서 시작한다손웅정』중에서

# 선생님 지금 반납함 열어 보세요

매일 아침 9시 40분이면 첫 쉬는 시간 종이 울린다. 1교시를 마치고 주어지는 쉬는 시간 10분. 그 귀한 시간에 용케 도서관을 찾아오는 어린 독서가들이 있다. 주 5일 중에 최소 10회는 도서관을 드나드는 1학년 민석이도 그중 한 명이다. 민석이는 오늘도 진지하다. 그림책 서가를 뚫어지게 훑어보던 녀석이 드디어 결심한 듯 한 권을 빼 들었다.

책 제목은 『나들이기무라 유이치』. 양과 늑대라는 먹이 사슬 관계에서도 사랑과 우정이 존재할 수 있을까 상상해 볼 수 있는 그림책이다. '가부와 메이'라는 애니메이션으로도 나와 있는 7권짜리 인기 그림책 중에 두 번째 책인데, 지난주에 아이들에게 조금 읽어 주었던 1권 '폭풍우치는 밤에'를 용케 기억하고 있다가 2권을 찾아낸 것이다.

"선생님 이 책 빌려주세요."

"그래~ 바코드 찍어 봅시다. 어? 민석이 오늘까지 반납해야 하는 책이 한 권 있는데 알아요? '용기를 내, 비닐장갑!'. 이 책 오늘 가져왔으면 반납하자."

"어… 그런 책 안 빌렸는데요?"

음…. 내 머릿속은 벌써 여러 가지 경우의 수가 스쳐 지나간다. 도서관에 자주 오는 김민석. 개중 똘똘하고 야무진 김민석. 하지만 아직 대출/반납이라는 용어도 익숙지 않은 1학년 김민석. 민석이는『용기를 내, 비닐장갑!유설화』을 빌렸었지만 까먹은 것일 수 있다. 어쩌면 자주 오다 보니 헷갈려서 바코드 찍는 것을 깜빡하고 책 수레에 무심히 올려 뒀을 수도 있다. 얼른 도서관 책수레와 서가를 살펴봐도 그 책이 없다. 정말 드문 일이지만 어쩌면, 내가 2학년 민석이가 빌리는 책을 1학년 민석이로 잘못 대출 처리했을 수도 있다. 쉬는 시간은 끝나가고 민석이 눈에는 점점 억울함이 차올랐다.

"진짜 빌린 적 없어요오!"

"아… 미안 미안. 일단 오늘 책 대출하구~ '용기…' 그 책은 연장해 둘 테니까 우리 같이 한 번만 더 찾아보는 건 어때요? 선생님이 도서관에서 더 찾아볼게요. 민석이도 혹~시 헷갈렸을 수 있으니까 교실에서 한 번만 찾아봐 주세요. 만약 그래도 안 나타나면 분실 처리합시다~."

이미 반납했었다거나 빌려 간 적이 없다는 귀신이 곡할

노릇은 초등학교 도서관에서 흔히 있는 일이다. 아이들뿐만 아니라 어른들도 자주 헷갈려 한다. 덕분에 많은 사람이 함께 이용하는 도서관 책은 일반 가정집 서가에 꽂힌 책에 비해 사연이 많다. 전산에는 '대출 가능'인데 서가에 없거나, 서가에 버젓이 꽂혀 있는데 '대출 중'이거나, 누군가 아무 데나 막 꽂아둔 덕에 도서관에 존재하지만 존재를 찾을 수 없거나, 누군가 의도적으로 서가 귀퉁이에 숨겨두고 다람쥐의 도토리 마냥 잊어버려서 '분실'되어 버리는 등. 인기도서 치고 사연 없는 책이 없다.

한번은 도서관을 자주 이용하는 학부모 봉사자분이 빌려간 책이 분실되었다. '분명히! 사서 선생님이 분홍색 티셔츠를 입고 온 비 오던 날 확실히! 반납을 했었다'는 것이다. 전산에는 '대출 중'이고 도서관에는 책이 없었지만 학부모님의 기억은 선명했다. 세 번 정도 반복해서 듣다 보니 나도 지난주 비 오던 날 학부모님을 뵌 것도 같다. 하루, 이틀 봐 온 분도 아니고 책 한 권 가지고 거짓말할 분도 아니다. 아마도 반납 처리할 때 실수로 바코드가 제대로 찍히지 않았고, 하필 그 책을 누군가 잘못 꽂아서 우리가 못 찾는가 보다 생각하며 깔끔하게 '분실'처리를 했다.

그리고 정확히 한 달 뒤에 학부모님의 침대 아래에서 발견된 책이 심심한 사과와 함께 돌아왔다. 우린 그저 마주 보며 허허허 웃었다. 어제 먹은 점심 반찬도 기억하지 못할 만큼 정신 없는 세상을 살고 있는 우리는 그렇게 동지 의식을 느끼며 서로를 이해했다.

누구는 반납했다고 하고, 서가에 책은 없고, 전산에는 대출 중이고⋯ 누구의 기억이 맞는 것인지 진실을 밝혀낼 뾰족한 수는 없다. 도서부 아이들은 "CCTV 없어요?!"라며 속 모르는 소리를 하기도 하지만 천만의 말씀이다. 초등학교 도서관은 CCTV까지 달아두고 감시를 해야 하는 엄중한 곳이 되어서도 안 되며, 나는 그 CCTV를 되감아 보는 탐정이 될 마음이 눈곱만큼도 없다. 초등학교 도서관에서 책은 보존 서가의 고문서가 아니라 소모품이다. 찢어지고, 헤지고, 잃어버렸다는 것은 누군가 그 책을 읽었다는 뜻이다. 아쉽지만 책이 처음 도서관 서가에 꽂힐 때 목적했던 본분을 다 한 것으로 해석하면 된다.

점심시간에 1학년 김민석이 도서관에 또 왔다. 민석이는 오전보다 더 진지한 얼굴이다.

"선생님, 복도에 있는 반납함은 언제 열어요?"

혹시 도서관 문이 잠겼을 때 반납하러 온 아이들이 헛걸음하지 않도록 도서관 입구 쪽 복도에 '도서 반납함'이 설치되어 있다. 나는 매일 출, 퇴근 시간에 반납함을 확인하곤 한다.

"아침에 반납함 확인했지~. 지금은 바빠서⋯. 참! 교실에서 '용기⋯' 그 책 찾아봤어요?"

"어⋯ 저는 '용기⋯' 그 책 안 빌렸어요⋯. 그런데요⋯ 선생님 지금 반납함 열어 보세요. 지금요. 지금 열어보면 안 돼요?"

　　점심시간에 짬을 내서 책을 빌리러 온 아이들이 대출/반납대 앞에 줄줄이 서 있건만, 눈치 없는 민석이는 계속 몸을 배배 꼬아가며 졸랐다. 아 이 녀석이 대체 왜 안 하던 소리를 하나 싶어 자세히 살펴보니 다급히 뛰어왔는지 이마에 땀방울이 송글송글하다. 얼굴은 심각하다 못해 곤란해 죽겠다고 쓰여있었다. 아하! 눈치는 내가 없었구나! 나는 줄 서있는 아이들에게 양해를 구하고 반납함으로 뛰어갔다. 예상대로 반납함 안에는 '용기…' 그 책이 얌전히 누워있었다. 뒤따라온 민석이가 활짝 웃으며 뻔뻔한 표정으로 내게 다짐 받듯 말한다.

　　"이것 보세요~ 저는 '용기…' 그 책 안 빌렸다니까요~."

　　그래. 책이 제 소임을 다 하고 무사히 돌아왔으니 되었다. 민석이의 정성 어린 연기에 나는 또 허허허 웃고 말았다. 언젠가 민석이에게도 허허 웃으며 실수를 인정할 용기가 생기길 응원하는 마음의 크기만큼 크게 웃어 버렸다.

# 책 좀 읽어줄까?

초등학교는 하교 후에 방과 후 수업을 기다리는 동안 도서관에 머무는 학생들이 많다. 1, 2학년이 대부분인데 30분 이상 도서관에서 대기해야 할 경우 책을 싫어하는 학생들은 똬리를 틀며 휴대폰을 만지작거리고 지겨운 내색을 하며 견딘다. 특히 신입생들은 이 낯선 공간과 아직 친구라기에는 어색한 동급생들 사이에서 물 위에 떠 있는 기름 같다. 바로 이때가 먹이를 찾아 어슬렁거리는 하이에나 아니, 사서가 도서관 '단골 멤버'를 영입하기 딱 좋은 타이밍이다.

"오늘 무슨 방과 후 수업 기다리고 있는 거예요~?"

셋 중 한 명은 자신이 지금 무슨 수업을 기다리고 있는 건지, 몇 시에 이곳을 나서야 하는지도 잘 모른다.

"엄마가 여기서 기다리라고 했어요…."

동문서답하는 아이들의 이름과 학번을 묻는다. 다행히 방과 후 담당 행정원의 도움을 동원해서 한두 번의 탐문 조사 과정을 거치면 대부분 알아낼 수 있는 정보들이다. 그리고 신입생들을 안심시킨다.

"25분 더 기다렸다가 출발하면 돼요~ 그럼… 기다리는 동안 재미있는 그림책 하나 읽어줄까요?"

처음에는 대부분 싫다고 대답하지만 관객은 딱 한 명만 있어도 충분하다. 심심한 아이들은 그림책 읽는 소리에 하나둘 자석처럼 다가오기 마련이다. 한 달 정도 지나면 대부분의 1, 2학년은 방과 후 수업 시작 시간도 기억하고, 책을 읽어 달라며 나에게 먼저 다가오기도 한다.


하루는 말 한번 잘못 걸었다가는 콱 깨물릴 것만 같은 사나운 눈빛을 장착한 1학년 아이가 하교 후 도서관 문을 들어섰다. 고개를 45도 옆으로, 뒤로 흔들어 대며 눈을 삐딱하게 내리깔고 입을 삐죽이 내밀고 있는 모양새를 보아하니 무슨 이유인지 마음이 한껏 삐뚤어진 상태가 확실하다. 함께 온 다른 아이는 눈치 없이 책을 읽어 달라며 내게 해맑게 웃었다.

보통은 이야기 그림책을 골라 오는데, 이 아이는 식물을 좋아한다며 자연관찰 책을 골라왔다. 씨앗이 뿌리를 내리고 싹이 나고 잎이 나서 꽃을 피우고 씨를 맺는 과정과 식물의 미세한 움직임을 간단한 글과 함께 그림으로 알려주는 좋은 책이었다.

"선생님! 씨가 땅에 떨어지면 다시 또 뿌리가 내리는 거죠~?"

좋아하는 식물 이야기에 신이 난 아이와 달리 기분이 안 좋은 아이는 삐뚜름히 딴죽을 건다.

"칫… 이런 거 다 알아요."

식물을 좋아하는 아이가 하는 자랑의 말들이 퇴색돼버린다. 기분이 안 좋은 학생 + 재미가 보장되지 않는 자연관찰 책의 조합이라… 새로운 시선을 끌어내야 할 타이밍이다.

"식물이 자라는 데는 물과 햇빛과 자랄 공간이 필요하대! 음~ 우리도 식물처럼 자라는데 꼭 필요한 게 있지 않을까? 어떤 게 있을까?"

두 학생이 처음으로 동시에 왼쪽으로 눈알을 굴리며 고민을 시작한다.

"공부?"

"그렇지~ 자라는 동안 공부가 큰 도움이 되지~ 또?"

"음… 연필?"

"좋아~ 공부하려면 연필도 꼭 필요하지! 또?"

"아… 책!"

옳거니. 도서관이라는 공간과 선생님이라는 상대 앞에서 아이들의 사고가 '정답'을 찾는 딱 거기에 갇혀있다. 생각의 물꼬를 터주기 위해 살짝 더 개입해 본다.

"선생님은… '밥'이 꼭 필요하다고 생각해."

아~! 두 학생의 눈이 동시에 커다래진다.

김치, 옷, 이불…. 더듬더듬 자신들 주변에 존재하는 의식주를 나열한다.

"그럼 우리 차례대로 말해볼까? 내가 자라는데 꼭 필요한 것이 뭐가 더 있는지~."

셋은 시계방향으로 자신들에게 필요한 것을 말하기 시작했다. 신발, 양말, 집, 과일, 물…. 두 아이는 한 번도 고민해 본 적 없었던 문제에 대해 집중하기 시작했다. 식물 그림을 뚫어지게 보며 미간을 찡그린 채 고민하고 있는 아이들의 생각을 한 번 더 넓은 곳으로 잡아끌기 위한 미끼를 던져본다.

"선생님도 필요하지!"

오~! 맞아~! 아이들의 머릿속은 더 빠른 속도로 굴러가기 시작한다. 엄마, 아빠, 언니, 친구, 할머니, 이웃…. 세상 진지하다.

책을 3, 4장 정도밖에 못 읽었지만 빨리 다음 장으로 넘기라는 재촉 따위는 없었다. 정말이지 책이란 것은 꼭 첫 장부터 읽어야 하는 것도 아니고, 끝까지 읽는 것이 중요한 것도 아니다. 물론 작가가 전하고자 하는 메시지는 책을 다 읽어야 오롯이 얻을 수 있겠지만, 작가는 독자의 지금 상태나 욕구를 알 리 없지 않은가? 독자에게 필요한 통찰의 순간은, 장면은 독자가 선택하는 것이다. 지금 이 순간 나누고 싶은 주제에 집중하고 깨닫는 경험은 중요하다. 아이가 스스로 의문을 가지고 생각을 엮어 가는 과정을 통해 자신의 효용 가치를 경험하는 것이 책을 한숨에 끝까지 읽어내는 것보다 훨씬 더 유용하다.

책을 읽어주다 보면 아이들의 질문 때문에 자꾸 옆길로 새는 경우가 허다하다. 아이가 엄마와 나누고 싶은 이야기가 지금 막 떠오른 것이다. 그러면 옆길로 비켜서서 아이의 생각을 펼쳐주면 된다. 책은 생각을 끄집어내어 상상의 크기만큼 키워내기 위한 좋은 도구인 셈이다. 같은 책을 백 번 읽어도 백 번을 다르게 읽어내는 아이들의 상상력은 그래서 위대하다.


시계를 흘끔 보니 슬슬 마무리를 해야 할 때다. 급히 풀어헤친 생각들을 갈무리할 수 있는 질문을 던진다.

"와~ 너희가 자라는데 꼭 필요한 것이 정말 많구나! 여태 말한 것들 중에 지금 없거나, 부족한 것이 있니?"

자신이 경험하거나, 가진 것들을 신나게 말했으니 없는 게 있을 리 없다. 어느새 사납던 아이의 눈빛이 순한 양처럼 내려앉아 있다. 녀석은 가슴 가득 부자의 의기양양함을 담고 방과 후 수업을 하러 떠났다. 식물을 좋아한다던 아이는 책의 남은 페이지를 힐끗 바라보며 군침을 흘렸다. 보물이라도 되는 양 가슴에 끌어안기에 대출해 줄까? 물으니 선생님 책상에 보관해 두라고 한다. 내일 나머지 부분에 대해 꼭 함께 이야기 나눠야 한다나 뭐라나…. 이 책, 아무래도 한 달은 읽겠다. 단골 멤버 두 명 확보 성공이다.

시간이 허락했다면 아이들이 방금 한 말들을 대신 받아 적어 읽어줬을 것이다. 보통은 자신들이 한 말을 글로 다시 읽으면서 깜짝 놀란다. 기뻐하기도 하고 자랑스러워하기도 한다. 몇 번 반복하다 보면 스스로 적는 것을 시도한다. 아이들은 그렇게 매일 더 나은 자신이 되고 싶어 움튼다. 뿌리내리고, 싹을 틔우고, 잎이 나면 꽃을 펼치고, 열매를 맺고, 씨를 뿌리듯이 자신의 경험을 나눌 것이다.

도서관에서 성장의 선순환이 일어나고 그 한가운데에 사서라는 이름으로 존재할 수 있어서 감사하다.

# 한 아이를 키우는데 필요한 온 마을

아침 활동 시간에 1, 2학년 교실에 들어가서 15분간 그림책을 읽어주는 '책 읽어주는 부모' 봉사단 조직이 올해도 무사히 완성되었다. 1학년이 8개 반, 2학년이 7개 반이니까 최소 15명이 필요한데 13명밖에 모집이 안 되어서 며칠 발을 동동 굴렀다. 다행히 내 간절한 마음이 통했는지 마감 직후에 2명이 더 신청해 주셨다.

처음 이 동아리를 시작할 때에 비해 요즘은 맞벌이가 많아져서 그런지 직장을 다니거나, 파트타임으로 일하시는 중에 짬을 내어 봉사해 주시는 분이 적지 않다. 얼마나 감사한지 모른다. 그리고 해마다 아버님도 꼭 한 명씩 신청해 주셔서 어머니들의 부러움을 한몸에 받으신다. 책 읽는 남자도 귀한데, 책 읽어주는 남자라니! 정말 귀한 인재가 아닐 수 없다.

잠시 여담을 하나 하자면, 대학교 1학년 때 문헌정보학과에 입학하고서야 알아챈 사실이 하나 있다. 20여 명 남짓한 동기 중에 남자는 단 2명. 위로 선배들을 봐도 한 학년에 남자는 한두 명 있을까 말까 했다. 대한민국에는 책과 친한 남자가 귀하다. 이 사실은 나이 불문이다. 초등학교 도서관에 드나드는 단골 명단에도 남학생은 20%가 채 되지 않는다. 도서부도 여학생들이 늘 압도적으로 많다. 이유는 아직 밝혀지지 않았지만, 누군가 꼭 연구해 줬으면 좋겠다. 왜 대한민국 남자는 책과 사이가 안 좋은 것인지, 혹시 전 세계적인 현상인지, 정말 궁금하다.

다음 주 첫 봉사를 앞두고 신청자들을 모아서 봉사자 교육을 했다. 어떤 책을 읽어주면 좋을지, 책 읽어 주는 요령, 봉사 시 주의 사항 등을 설명했다. 모두 꼼꼼히 메모까지 하며 열심히 들어주셨다. 여러 질문 중에는 특히 통제가 잘 안되거나 이야기를 잘 안 듣는 학생이 있으면 어쩌나 하는 염려가 많았다. 그리고 '그 책 다 읽었어요~' 식의 딴죽을 걸며 방해하는 학생들의 반응도 걱정하셨다. 나 역시 많이 겪었던 일이기에 지난 경험들을 떠올리며 유연히 대처할 수 있는 요령들을 하나하나 알려 드렸다. 오랜 세월 동화구연 봉사를 하며 그림책 애독자로 살아온 이력이 이렇게 또 생업 전선에서 유용하게 쓰이니 감사한 일이다.

책을 왜 읽어 주는지에 대한 본질을 잘 이해하고 나면 읽어 주는 동안 발생하는 대부분의 문제가 간단해진다. 아이들이 책을 즐기는 경험을 통해 평생 독자로 나아갈 수 있는 발판을 마련해 주기 위한 한 방법으로 '아침 책 읽어주기' 활동을 한다. 어떤 정보나 교훈을 전달하고, 지식을 교육하기 위함이 아니다. 가능하면 청자와 눈을 많이 맞추며 교감하고, 질문으로 대화하며 생각을 공유하는 시간이 중요하다는 철학을 넌지시 전달했다. 이미 책을 다 읽은 친구는 질문으로 이어지는 대화에 더 잘 대답할 수 있을 테니 도리어 잘 된 것이다. 15분이 짧은 것 같지만 나비의 날갯짓처럼 아이들에게는 충분히 큰 영향을 줄 수 있음을 강조했다.

예를 들기 위해 『코끼리 놀이터서석영』라는 그림책을 함께 읽었다. 병아리들이 실컷 놀 수 있게 해 주려고 힘든 순간을 꾹 참는 코끼리. 책 속의 코끼리처럼 어른들이 우리 아이들에게 조금씩만, 잠깐씩만이라도 놀이터가 되어 주시면 좋겠다는 내 메시지가 전해졌는지 한 학부모가 정말 감동을 주는 책이라며 눈물을 흘리셨다.

"코끼리를 보니 엄마가 떠오르고 엄마를 대신해 준 수많은 어른이 떠올라서 마음이 차올랐어요….."

교육을 끝내는 학부모님들의 박수 소리에는 아이들에게 잘 읽어주고 싶다는 결연한 의지가 가득 담겨있었다.


교육을 마치고 자리를 정리한 다음 도서관으로 돌아와

보니 어느새 한 학부모님이 배운 것을 바로 실습하고 계셨다. 그동안 도서관에서 내가 아이들에게 책 읽어주는 모습을 유심히 보며 사진을 찍어 주던 학부모 도서 도우미였다. 오늘은 내가 사진을 찍어 드렸다. PPT와 마이크를 이용해 멋있게 읽어 줄 수도 있지만, 옹기종기 가까이 모여 앉아서 육성으로 들려주는 이야기가 아이들의 정서에 훨씬 좋다는 내 말을 기억하셨는지 아이들을 품에 가득 끼고 앉아 읽어 주신다. 이번에는 내가 울컥해서 감동의 눈물을 흘렸다.

결코, 사서 혼자서는 할 수 없는 일. 하지만 이렇게 마을의 어른들이 하나둘 마음을 보태면 아이들에게 해 줄 수 있는 일이 더 다양하고, 정교해진다. 함께해 주시는 모든 학부모님에게 학생들을 대신해서 감사의 인사를 드리고 싶다. 나는 이곳이 사람다워서 정말 사랑스럽다.

# 카멜레온에게 필요한 말

매주 월요일 1교시는 4학년 2반의 도서관 활용 수업이 있는 시간이다. 담임선생님은 오늘도 아이들이 얼마나 더 예뻐졌는지 내게 큰 소리로 브리핑하며 도서관을 들어선다.

"사서 샘~. 우리 반 애들 진짜 참하지 않아요? 요즘 도서관에서 책 고르는 안목이 쑥 올라간 것 같아요~ 그죠?"

나는 동의하지 않을 수 없다. 담임선생님이 그렇다고 하니 정말 그렇게 보였기 때문이다. 나갈 때까지도 칭찬은 멈추지 않는다.

"나영이는 알아서 의자 정리까지 했네~ 아유 잘했어~."

다른 아이들이 일순간 자기 의자와 앉았던 자리를 정리하기 시작했다.

"사서 샘~ 나는 정말 운이 좋아요~. 내가 맡은 반은 항상 이렇게 예쁜 애들만 모여 있다니까요."

이 선생님 정말 베테랑이다. 가만 보니 아이들만 쥐락펴락하는 게 아니다. 학부모 도서 도우미와 나조차 4학년 2반 아이들에게는 왠지 모르게 좀 더 친절해진다. 뭔가 특별히 더 소중한 아이들이 온 것 같아 말도 더 세심하게 건네게 된다. 이 반에는 그 흔한 말썽쟁이도 하나 없는지 아이들이 독서한다고 앉아 있노라면 잔잔히 틀어놓은 피아노 선율이 유난히 더 고급지게 울려 퍼진다. 아이들이 어쩜 이렇게 차분하고 반듯한지 볼 때마다 하나같이 예뻐 보인다.

아이들에게 독서 습관을 길러 주고자 매주 수요일 2교시면 어김없이 아이들을 데리고 오는 3학년 4반 선생님도 있다. 하지만 분위기는 영 딴판이다. 벌써 2학기가 되었는데도 도통 독서하는 모양새가 어수선하다. 3학년 4반 담임선생님은 도서관을 들어서기도 전에 문 앞에서 벌써 훈계와 걱정이 쩌렁쩌렁하다.

"어허~ 두 줄로 서라고 했지요! 조용히! 입 다물고!"

아이들은 도서관에 들어와서 책 고르느라 돌아다니는 시간이 앉아서 읽는 시간보다 길다. 내가 애써 추천도 해보고, 칭찬도 해 보지만 도통 관심이 없다. 선생님의 눈을 피해 도서관 구석에서 장난치고, 소란스레 떠들 뿐 진지하게 책을 찾아 읽는 아이가 드물다.

"만화책은 안 된다 했지! 숨은그림찾기도 안돼요! 거기 둘은 자꾸 떠들어서 안 되겠다! 한 명은 이리 선생님 옆에 와서 앉아요!"

선생님은 끊임없이 아이들을 지적했지만 말하는 그때뿐이다. 담임선생님은 늘 피곤해 보였다. 나 역시 3학년 4반이 왔다 가고 나면 진이 다 빠진다. 말썽꾸러기들은 이 반에 다 모아놓은 것 같아 안쓰럽지만 아이들의 잘못이 자꾸 눈에 거슬렸다. 2학기가 다 되도록 어쩜 이렇게 도서관 이용 규칙도 제대로 숙지하지 못하는 건지 하나같이 답답했다.

"반납한 책은 책수레에 올려두라고 했지요!"

나도 모르게 담임선생님처럼 날 선 목소리로 아이들을 지적하고 있는 내 모습에 깜짝 놀랐다.

과연 4학년 2반 선생님은 매년 그렇게 반 배정 운이 좋을 걸까? 3학년 4반에는 왜 유독 말 안 듣는 아이들이 가득 모여 있는 걸까? 처음엔 별 대수롭지 않게 생각했었는데 해가 갈수록 '말'이 아이들에게 가 닿아서 만들어 내는 신기한 비밀이 조금씩 눈에 보였다.

학부모 도서 도우미의 자녀들이 쉬는 시간에 엄마를 만나러 일부러 도서관에 들를 때가 있다.

"어머~ 오랜만이야! 훌쩍 컸구나! 멋있어져서 못 알아볼 뻔했어!"라며 내가 인사를 건넸는데 곁에서 지켜보던 학부모님이 "아유~ 아니에요 선생님~. 도서관에 좀 자주 오니까 말도 안 듣고… 밥은 또 어찌나 잘 안 먹는지 친구들 보다 너무 작아서 걱정이에요~." 라며 손사래를 친다.

아… 뭐 그런 불필요한 겸손을…. 나는 움찔했다.

"제 눈에는 작년보다 훨씬 커 보이는데요 뭘…."

애써 수습해 보지만 엄마의 말이 먼저 아이의 귀에 가닿 았고 아이의 고개는 푹 수그러들었다.

올해 처음 도서부에 들어온 학생 중에 쉬는 시간마다 혼 자 와서 말도 없이 봉사만 야무지게 하고 가는 5학년 아이가 있었다. 잘 모르긴 해도 봉사하는 모습을 보니 왠지 글도 잘 쓸 것 같다고 치켜세우며 도서관에서 하는 '나만의 책 만들기' 공모전에 작품을 꼭 내어 보라고 권했다. 퉁명스레 그런 거 절 대 못한다더니 제법 정성 들여 작품을 제출했다. 5학년들의 참여율이 낮은 편이라 작품을 제출한 것만으로도 기특하고 예 뻐서 다른 선생님에게 우연히 이 아이의 작품을 자랑했다.

"말썽쟁이 명하가 도서부였어요? 아이고~ 사서 선생님 고생 많으시겠어요~ 그런데 어머! 명하가 이런 작품을 만들었 다구요!? 이런 반듯한 글씨를 쓸 줄 아는 아이였네요?! 명하가 봉사도 잘한다고요? 명하에게 이런 면이 있는 줄 몰랐네요!"

그 선생님은 내 몇 마디 말에 이제 명하가 완전히 달라 보 인다고 놀라워하셨다. 나는 일부러 명하의 작품이 더욱 눈에 잘 띄도록 제일 앞에 전시했다. 명하는 그 뒤로 말이 많은 5학 년 도서부가 되었다.

내가 먼저 밉다고 말하면 남들도 밉게 보고 아이도 미워졌다. 내가 먼저 귀하다 말하면 남들도 귀하게 보고 아이도 귀해졌다. 아이들은 마치 카멜레온 같았다. '너는 노랑이야!' 그러면 노랑으로 변하고 '너는 파랑이야!' 하면 파랑으로 순식간에 변하는 신기한 존재들이다. 그러니 더욱 신중하고 세심하게 대해야 하는 존재들이다. 아이들은 항상 어제보다 오늘 더 나은 내가 되고 싶어 각자의 방식대로 온 에너지를 성장에 쏟아내며 애쓰고 있기 때문이다. 그 모습이 낯설거나 별나게 보이기 쉽지만 사랑의 프레임으로 보면 반짝이지 않는 아이가 없었다.

너도, 나도 소중하지 않은 이가 없다.

# 질문하는 사서

"선생님~ 너무 심심해요…."

"그래 심각하게 심심해 보인다. 우리 동식이는 뭐 할 때 재미있어요?"

벌써 20분째 도서관 먼지를 등짝으로 쓸며 뒹굴던 녀석이 내 질문에 금세 눈을 반짝인다.

"음~ 애들이랑 축구하고 놀 때 제일 재미있어요, 요리할 때도요! 저 쿠키도 만들 줄 알아요! 일요일에 엄마랑 쿠키 만들기 할 때도 재미있었어요~."

"몸을 움직여야 즐겁구나? 그럼 운동장으로 나가지 그래?"

"안 돼요… 엄마가 도서관에 한 시간 있다가 학원 가라고 하셨어요….”

“아이쿠… 어차피 도서관에 있어야 하네~. 그럼 심심한
데 이거라도 구경해 볼래?”

동식이가 얼떨결에 손을 내민다. 성공이다. 나는 준비해
둔 『초등학생을 위한 요리 과학실험실민재회』 책을 동식이에게
무심한 척 내밀었다. 이번 학기에 새로 들어온 책인데 요리사
모자를 쓴 아이들과 음식 그림으로 알록달록한 표지가 벌써
동식이의 취향이다. 시큰둥하던 동식이는 금세 도서관 한켠에
앉아 음식 사진을 꼼꼼히 들여다보기 시작했다. 너무 심심하
니 어쩔 수 없이 책을 보는 것일 수도 있지만 하여튼 동식이는
더 이상 도서관 바닥을 쓸고 다니지 않았다.


아이들은 보통 자신에게 무엇이 필요한지 깊이 고민하지
않는다. 그저 막연한 기대를 가지고 무심히 도서관에 들어선
다. 그리고 자신도 모를 물음을 사서에게 던진다.

“뭐 재미있는 거 없어요? 여기서 제일 재미있는 책은 뭐
예요?”

이 물음에 대답하고 정보를 제공하기 위해서 사서는 예
리하게 다시 질문해야 만 한다. ‘뭐 좋아해요?’, ‘재미있게 읽었
던 책 있어요?’, ‘지난번에 그 책은 어땠어요?’, ‘왜 이렇게 시무
룩해요?’, ‘언제 전학 왔어요?’, ‘좋아하는 과목은 뭐예요?’ 등.
선생님이나 아이들이 하는 물음에 내가 질문으로 답하면 대부
분은 다시 대답을 하는 중에 자신이 원하는 책으로 다가서고

는 한다.

　사서는 독자가 책으로 가는 길을 질문으로 닦는 사람이다. 사서는 길목에서 떠오르는 책을 한두 권 권해줄 뿐 그 책을 읽을지 말지, 책을 읽고 깊은 사색을 해 볼지 말지는 독자의 몫이다. 어찌 보면 도서 추천의 성패는 사서의 역량보다 이용자의 선택에 달려있는 셈이다.


　"그래서 너는 뭐라고 대답했는데? 놀림에 낚이지 않는 방법에 대한 책이 있는데 읽어볼래?"

　나는『놀림에 대처하는 슬기로운 방법캐런 게딕 버넷』을 건넸다.

　"친구랑 화해했어? 이 책 같이 읽고 기분 풀어~."

　나는『짝꿍박정섭』을 건넸다.

　"요즘 새 학기라 많이 바쁘시죠? 가볍게 읽을 수 있는 소설 어때요?"

　나는『지구에서 한아뿐정세랑』을 건넸다.

　"학생들하고 '텃밭 가꾸기'는 잘 되고 있어요? 이 책 같이 읽어보면 좋을 것 같아요~."

　나는『아그작아그작 쪽 쪽 쪽 츠빗 츠빗 츠빗유현미』을 건넸다.

　"올해 1학년들 분위기 어때요? 첫 책으로 이런 그림책 어때요?"

　나는『똑, 딱에스텔 비용-스파뇰』을 건넸다.

대화 끝에 책을 한 권씩 권하면 추천받은 책을 손에 쥐고 나가는 이가 있는가 하면 슬며시 제자리에 두고 가는 이도 있다. 몇 장 펼쳐 읽다가 시시하다는 이가 있는가 하면 '인생책'이었다며 어느 부분이 인상 깊었는지 소상히 읊는 이도 있다. 이용자에 대해 잘 알면 알수록 추천도서의 성공 타율은 높다. 더불어 독자의 마음이 열려 있을수록 책은 빛을 발한다.

사서는 좋은 질문을 길어 올리기 위해 호기심을 가지고 관찰과 소통을 시도할 뿐, 좋은 책에 가 닿는 것은 이용자 스스로다. 그래서 나는 오늘도 당신이 궁금하다. 그래서 나는 질문한다.

독자 개개인의 발전 단계를 정확하게 진단하는 것은 사서의 몫이다. 보모가 아이들을 양육하듯, 사서는 도서관의 독자들을 양육한다. 독자는 책을 읽고, 사서는 독자를 읽는다.

—『도서관, 그 소란스러운 역사 매튜 배틀스』 중에서

# 사랑에 빠졌네요~!

구름 한 점 없는 하늘에 코끝 시린 북풍이 매섭게 부는 아침. 코트 깃을 여미며 나서는 출근길에 앙상한 나뭇가지들이 '휘이잉~ 휘이잉~' 겨울바람에 박자 맞춰 서로 부비대며 춤을 춘다. 이웃한 나무끼리 온기 나누는 절묘한 솜씨를 올려다보느라 걸음이 절로 멈췄다. 문득 그리운 이가 떠올랐다. 사교라는 것과는 거리가 먼 내게도 그리운 사람이 존재한다는 사실은 감사한 일이다. 바쁜 출근 시간이지만 이런 감상적인 순간을 놓치고 싶지 않아 잠시 짬을 내어 전화를 걸었다. 아무 용무 없는 내 전화를 받고 크큭… 코웃음 지을 그녀를 생각하니 내가 먼저 웃게 된다.

"쌤~ 쌤~ 출근했어요? 중학생들은 방학인데 도서관에 많이 오나요? 도서관 건물이 따로 뚝 떨어져 있어서 춥지 않아요?"

어제 만난 듯 평범한 인사 몇 마디로 벌써 마음이 푸근하다. 좋아하는 사람과 안부를 주고받는 것은 서로의 안녕을 전하고 마음이 꽃으로 피어나게 하는 일이다.

전화 통화 내내 그녀는 최근 자신의 도서관을 찾아온 길고양이 이야기를 늘어놓았다. 까만 털이 탐스럽고 눈 주위의 얼룩무늬가 매력적인 이 길고양이는 최근 몰아닥친 한파를 피해 중년의 사서가 홀로 관리하는 2층 건물의 도서관 출입문 앞에 임시 거처를 마련한 모양이었다. 길고양이와 여러 차례 눈빛을 교환하며 탐색전을 벌인 끝에 그녀는 물그릇을 대령하고, 고양이 전용 캔을 사다 나르는 집사가 되고 말았단다. 심지어 일요일에도 이 잘생긴 고양이가 걱정되어 사료를 들고 학교 도서관을 찾아갔었다는 이야기가 흘러나올 즈음 나는 눈치채고 말았다!

"쌤~ 사랑에 빠졌네요~!"

분명했다. 지난달만 해도 갱년기라 컨디션은 떨어지고, 과중한 업무 탓에 출근 자체가 심적으로 너무 힘들다며 앓는 소리를 하던 그녀의 목소리가 생기에 넘쳤다. 사료를 깨끗이 핥아먹고 난 뒤 반짝이는 밥그릇을 도서관 출입문 앞에 당당하게 던져놓는다는 이 배짱 좋은 길고양이가 중년의 사서에게 사랑을 선물해 주고 있었다. 그렇다. 무엇이든 관심을 가지고 정을 주면 사랑과 에너지가 싹트기 마련이다. 지친 내 친구를 나 대신 위로해 주고 있는 길고양이의 존재가 무척 고마웠다.

길고양이 덕분에 잊고 있었던 도서관 고양이에 관한 『듀이비키 마이런 외』라는 제목의 책이 생각났다. 어느 추운 날 도서 반납기 안에서 떨고 있던 아기 고양이를 발견한 사서는 고양이에게 '듀이'라는 이름을 붙여주었다. 듀이는 도서관에서 이용자들을 맞이하고 이용자들과 교감했다. 듀이가 죽는 날까지 도서관을 대표하는 핵심 마스코트로 활약했다는 미국 아이오와주 스펜서 공공도서관의 실화를 기록한 책이다. 도서관에서 고양이를 키울 수 있다는 사실 자체가 우리 정서에는 생소했고, 듀이가 특히 어린 이용자들과 마음을 나누는 모습이 굉장히 인상 깊었다.

코로나 시국에 사람과의 접촉이 차단된 이들이 외로움을 견디기 위해 농장에 방문하여 돈을 내고 말과 포옹하는 시간을 가진다는 뉴스를 본 적이 있다. 생명은 스킨십만으로도 위로를 건네준다. 사람은 그렇다. 다른 생명과 같이 있고 싶어 한다. 내 것이 아닌 들숨과 날숨을 느끼면 나도 모르게 가슴이 열리곤 한다. 눈을 감고 상상해 보자. 고양이를 쓰다듬고, 고양이에게 그림책을 읽어주며 교감하는 순간을. 분명 읽기 싫던 그 책도 고양이를 위해서는 읽어 줄 마음이 생겨날 것이다. 동시에 지친 감정이 치유되는 것을 느낄 수 있을 것이다. 사실 외국에서는 이러한 사례가 종종 있지만 한국에서는 쉽지 않은 일이다. 분명 사서에게 곤혹스럽거나 아이들에게 굉장하거나 둘 다 이거나 그런 소란스러운 도서관이 될 테니 말이다.

동물이나 벌레를 혐오하는 사람도 너무 많다. 사실 인간도 동물인데 자신 이외의 동물을 혐오하는 감정이라니, 분명 자연스럽지 않다. 길 건너에 작은 개울과 산책로를 두고 있는 글빛누리도서관에는 초대 받지 못한 손님들이 자주 방문한다. 모기, 파리, 무당벌레, 잠자리, 벌, 나비, 다리가 여러 개 이거나 날개가 달린 각종 이름 모를 곤충들이다. 개나 고양이, 토끼를 좋아한다던 아이들도 도서관에서 마주치는 낯선 곤충들은 죽이려고 달려든다. 큰 비명을 지르며 펄쩍펄쩍 뛰고, 어른을 부르고, 휴지나 책 등 적당한 살상 도구를 찾아 호기로운 사람의 손에 쥐어 주며 등을 떠민다. 낯선 생명의 일상을 가만히 관찰하거나, 그 신비함에 감탄할 기회가 자주 있다면 좀 다르지 않을까?


최근 들어 도서관의 역할은 다각도로 변하고 있다. 도서관은 더 이상 조용히 앉아 시험공부를 하고 문제집을 푸는 곳이 아니다. 책을 매개로 만나 다양한 타인과 교류하는 시간, 자신만의 속도로 휴식하고 감정을 다독이는 공간을 제공하면서 지역 공동체를 보살피는 곳으로 변모해 가고 있다. 학교 도서관 역시 시대의 변화를 반영하기 위해 다양한 시도를 하고 있다. 나는 잠시 스펜서 공공도서관과 같이 아이들이 강아지나 고양이 같은 동물들을 쓰다듬으며 동물들에게 책을 읽어주는 학교 도서관을 상상해 보았다. 아, 역시 쉽지 않을 것 같긴 하다. 그래도 도서관에서, 굳이 도서관에서 고양이를, 강아지를, 새를, 병아리를…. 다른 생명과 가까이서 사랑을 주고받으며 건강한 에너지를 키워가는 아이들을 자꾸자꾸 상상해 본다.

# 4

## 독서에
## 비법은 없어요

# 신인류가 꿈꾸는 도서관

내가 근무하기 전부터 학교 도서관 출입문에는 '휴대전화 사용 금지'라는 빨간색 표지가 붙어있었다. 나는 이 표지를 떼어 냈지만, 누구든 스마트폰이 울리면 자연스레 도서관 앞 복도로 나가서 통화한다. 그러니 역설적으로 도서관 앞 복도는 스마트폰 사용이 필요한 사람들이 사용할 수 있는 공간이라는 암묵적 생태계가 존재하는 셈이다. 스마트폰 사용 목적은 크게 둘로 나뉜다. 부모님의 학생 위치 추적과 관리, 또는 학생의 SNS와 게임이다. 전자의 역할이 강한 스마트폰은 대체로 분실과 습득을 반복한다. 후자의 역할이 강한 스마트폰은 배터리 충전과 데이터 잔량 체크가 중요하다.

가끔 데이터가 다급한 학생들이 나에게 와이파이 비밀번

호를 묻곤 했다. 작년까지는 비밀번호가 비밀이었지만 새해부터 '경남 그린스마트사업'의 일환으로 모든 학생이 노트북을 나눠 받고 수업에 활용하게 되면서 비밀번호는 더 이상 비밀이 아니게 되었다. 물론 도서관 내에서 요란스레 스마트폰 사용을 즐기며 친구의 독서를 방해하는 용감한 녀석들은 나의 따가운 눈총과 함께 퇴장당하지만, 분실된 스마트폰은 찾아주고, 방전될 위험에 빠진 스마트폰은 충전해 주면서 도서관은 학생들의 스마트폰 사용에 소극적 협조를 하고 있다.

2018년 처음 근무를 시작했을 때와 비교해 보면 근래 초등학생들의 스마트폰 보급률이 급격히 높아졌음을 실감한다. 보통 고학년들이 전화 통화를 목적으로 휴대했었는데, 요즘은 2학년만 되어도 방과 후에 도서관 앞 복도에 앉아 인터넷 접속을 자유자재로 하면서 원하는 게임을 즐기는 모습이 흔하다. 가정에서 아이들의 스마트폰 사용 때문에 실랑이를 벌이는 것처럼 사서 커뮤니티에는 도서관에서의 스마트폰 사용 통제를 놓고 고민과 걱정의 글이 자주 등장한다.

『포노 사피엔스<sub>최재붕</sub>』에서 저자는 태어나면서부터 스마트폰을 사용한 세대를 '포노 사피엔스'라 명명했다. 무려 '문명의 교체'가 일어나고 있다고 표현한 이 혁명의 시대에 기존 세대와 전혀 다른 방식으로 세상을 끌어가고 있는 디지털 세대를 '신인류'라고 구분 지었다. 게다가 스마트폰 과다 사용에 대한 어른들의 부정적 인식이 '반'만 맞다고 주장한다. 기존 세대는 신인류가 만들어내고 있는 문명의 새로운 표준을 이해하지 못하면 4차 산업 혁명 시대에 살아남기 어렵다고 예언하고 있다. 그냥 호모사피엔스인 나는 살아남지 못할 수도 있다는 위기감이 느껴지는 지점이다.

사실 도서관이 조용히 책을 읽는 곳이라는 정의가 변한 지는 꽤 되었다. 요즘 도서관에서는 대화를 나누는 것이 자연스럽다. 웹툰실에는 만화책이 그득하고 메이커 스페이스가 있는 도서관은 나만의 창작물을 만들며 시간을 보낼 수도 있다. 각종 문화강좌와 다양한 강연이 열리면서 지역 커뮤니티를 형성하는 복합문화센터 어디쯤으로 도서관의 기능이 확장되고 있다. 이곳 작은 초등학교 도서관도 다르지 않다. 학교에서 마음 편히 휴식을 취할 수 있는 곳, 나만의 속도로 나를 충전할 수 있는 곳, 여유를 가지고 사색을 즐길 수 있는 공간이 한 군데쯤 있어야 한다면 그곳은 도서관일 것이다.

찬바람이 불면 도서관 창가는 화려한 산타 조명이 크리스마스 책으로 큐레이션 된 서가 앞에서 반짝인다. 따뜻한 히터가 도서실을 데우고, 온돌 마루 카펫 아래는 뜨끈한 열기로 포근하다. 잔잔한 카페 음악이 은은한 조명과 잘 어울린다. 대략 만 오천여 권의 장서는 구색도 다양하다. 한국 십진 분류표에 따른 주제별 도서가 아이들 수준에 맞춰 다양하게 준비되어 있을 뿐만 아니라 사서와 봉사자들이 매일 매만지며 찾기 좋게 정리하고 있다. 꼭 책을 읽지 않아도 실뜨기를 하거나, 큐브를 맞추거나, 숨은그림찾기, 종이접기 등 즐길 거리도 다양하다. 도서관의 책으로 해결되지 않는 정보나 지식은 검색용 컴퓨터로 검색할 수도 있다. 최대한 쾌적한 환경을 만들기 위해 여러 방면으로 애쓰고 있지만 딱 한 지점이 애매하다. 스마트폰과 게임이다.

냉랭한 기운이 딱딱한 복도 바닥에 가득하지만 좀처럼 도서관 안으로 들어오지 않는 아이들이 있다. 가끔은 방과 후에 소란스러운 복도가 텅 빈 도서관과 완벽한 대조를 이루는 날도 있다. 복도의 대화는 짧고 단순하다.

"야! 야! 더 빨리! 빨리! 깨야지! 와~ 예!!"

"아~ 그건 필요 없어! 알지? 야~ 기다려! 그렇지!"

"이 상황에서 진다고?! 이걸 못 깬다고? 아 답답해! 이리 줘봐, 내가 깨 줄게!"

"봐봐~! 이 영상에 방법이 다 나와 있어~!"

수업 시간에 선생님께 곧잘 혼나던 저 아이. 지금 이 순간에는 폰아일체가 되어 척척 박사님이다. 같은 인물이 맞나 싶을 정도의 반전 매력을 선보인다. 수업 시간에도 저런 집중력과 리더십을 발휘한다면 참 좋을 텐데 아쉽다. 은은한 조명이 없어도, 따스한 훈기가 없어도, 차분한 음악이 없어도 신인류의 열기로 복도가 후끈하다. 영화의 한 장면처럼 집중과 몰입의 정수를 보여주는 진지한 표정은 혼자 보기 아까울 지경이다. 분명 복도의 열기 속에는 진정한 자기주도성과 자발적인 에너지가 넘쳤다. 다만 깊은 성찰이나 사유의 결과라고 보기 어렵다는 게 함정이다.

도서관 앞 복도에는 여학생보다는 남학생들이 많다. 고학년들은 학원 시간이 빠듯하다 보니 대체로 저학년이 더 많다. 돌바닥 타일이 썰렁해 보이는 건 내 생각일 뿐일까? 도서관 앞 복도는 포노 사피엔스들의 파라다이스다. 담임선생님과 부모님의 부정적인 시선을 피할 수 있고 폭신한 소파가 즐비한, 태양이 반짝이는 해변처럼 설레는 곳일지도 모르겠다. 날도 추운데 도서관에 들어오라고 오가며 구슬려 봤지만 한 번도 성공한 적이 없다. 저들의 손에 책을 쥐여 줄 방법을 나는 모르겠다. 아니 꼭 그래야 하는지도 고민스럽다.

저 아이들을 바라보며 고민하는 이가 나뿐이겠는가? 스마트폰 사용 문제를 연구하는 많은 전문가들은 스마트폰의 사용으로 발생하는 문제에 대해 다양한 부작용을 경고하고 있다. 전문가들의 말대로라면 게임만 못하게 해서 해결될 문제가 아니라 스마트폰의 사용 자체를 통제해야 하고 지금 진행 중인 교실의 디지털화 역시 당장 중단해야 한다. 하지만 현실은 정 반대다. 많은 어른들이 갓난아기의 손에 벌써 스마트폰을 쥐여 주며 디지털 신인류를 키워내고 있다.


선생님들조차 복도에서 스마트폰을 보면서 고개 숙여 걷느라 다른 선생님이 옆을 지나가는 줄도 모르고 서로 그냥 지나치는 경우가 흔하다. 단톡방에 올라오는 교직원 공지사항도 확인해야 하고, 방금 찍은 활동사진도 업로드해야 한다. 어제 주문한 교구의 배송이 시작되었는지도 확인해야 하고, 활동지를 나눠준 인스타 계정에 '좋아요'도 눌러야 한다. 하교한 자녀가 학원에 잘 도착했는지도 스마트폰으로 확인해야 한다. 이미 삶의 많은 부분을 스마트폰 안에 넣어놓은 우리가 어른보다 더 빠르게 디지털 세상으로 달려가는 아이들을 막을 수 있을까?

오늘따라 유난히 우렁찬 복도 게이머들의 외침을 듣고 있자니 머리가 더욱 복잡하다. 문명의 교체가 일어나고 있는 혁명의 시대에 디지털 신인류에게 필요한 도서관은 어떤 도서관일지 정말 궁금하다.

# 당신은 누구 손을 잡고 달리겠습니까?

사춘기 아들과 불꽃 튀는 의견 조율(이라 적고 다툼이라 말할법한…)을 하고 나서 넝마가 된 멘탈의 휴식을 위해 하릴 없이 휴대폰을 만지작거렸다. 맥락을 알 수 없는 유튜브 알고리즘이 2021년 도쿄 패럴림픽 100미터 육상 경기 장면을 내게 보여주었다.

검은색 맹인 안대를 낀 그리스 국가대표 선수는 주황색 조끼를 입은 가이드 러너와 트러스트 스트링(Trust String)으로 서로의 손을 연결한 채 완벽한 호흡으로 나란히 전력 질주를 한다. 둘의 손을 연결한 실은 팽팽했고, 발 네 개의 보폭은 정확히 일치했으며, 넘어지거나 부딪히지 않고 네 개의 팔이 똑같이 앞뒤로 움직였다. 둘은 순식간에 결승점으로 들어섰다. 10초 88. 세계 신기록이자 패럴림픽 신기록이었다. 두 선수가 달리는 10초 88의 화면 속에서 뿜어져 나오는 엄청난 '신뢰와 믿음'이 눈부셨다. 짧은 영상이 끝나자 코끝이 찡해지며 감정이 출렁였다.

눈을 감은 채 친구의 손을 잡고 걷는 놀이를 해 본 사람은 알 것이다. 앞이 보이지 않는 채로 친구의 안내에 의지해서 옮기는 발이 얼마나 무거운지를. 전력 질주는커녕 내딛는 발걸음마다 두려움이 막아서기 일쑤다. 하물며 말도 없이 트러스트 스트링을 통해 전달되는 감각만으로 서로의 신호를 느끼며 전력 질주를 하다니! 두 사람이 저만큼의 신뢰를 쌓아 올리기 위해 보냈을 고단한 시간이 눈앞에 보이는 듯했다. 가이드 러너는 최소한 맹인 선수 보다 더 나은 체력과 기량을 유지해야만 한다. 이것은 쉽게 품을 수 있는 부담이 아니다. 매 순간 서로 믿고 배려하며 유심히 관찰하고 사랑해야 안심하고 전력 질주를 할 수 있다. 둘 중 누구라도 의심을 품는 순간 손발이 어긋나고 넘어질 수밖에 없기 때문이다.

트러스트 스트링을 꼭 쥐고 달리는 두 사람은 어느 한쪽이 일방적으로 희생해서 만들 수 있는 관계가 아니다. 동등한 관계를 형성하되 마음의 끈이 건강하게 연결되어 있어야 서로를 오롯이 믿고 전력 질주를 할 수 있다. 나는 앞이 보이지 않을 때, 나의 감각이 내게 갈 길을 알려주지 못할 때, 믿고 함께 달려 줄 사람의 손을 잡고 있는가? 혹은 내 손은 그런 신뢰를 담고 있는가? 나는 학생들에게 그런 책과의 만남을 잘 주선하고 있는가? 짧은 영상은 내게 많은 질문을 던져주었다.

불신은 늘 생각지도 못한 곳에서 오해를 만들고 신뢰를 무너뜨린다. 방학 중 사춘기 아들의 휴대폰 사용 시간은 엄마 입장에서 예민한 문제다. 일상에 지장이 생길까 염려하는 마음은 날카로운 잔소리가 되어 거실에 메아리쳤다. 아들이 그간 손 놓았던 책도 좀 읽으면서 방학을 알차게 잘 보내기를 바랐을 뿐인데 내 잔소리에는 '너는 결코 스스로 게임 시간을 조절할 능력이 없을 거야'라는 불신의 메시지만 담겨 있었다. 눈부신 신뢰는커녕, 아무래도 녀석들의 전력 질주에 엄마 손은 어림없을 듯싶다.


누구나 한 번쯤 연락처를 위아래로 훑으며 누군가를 찾을 때가 있다. 친구, 동료, 연인, 부부, 가족도 좋지만 그들로 채워지지 않는 구멍이 있다. 혹은 그들 때문에 마음이 더 황폐해져 버리기도 한다. 내 감정과 고민을 나눌만한 사람, 내 성장을 자극해 줄 만한 사람, 내가 품고 있는 의문에 답해줄 만한 사람, 혹은 나조차도 이해하기 어려운 내 속의 갈등을 해결해 줄 만한 사람이 없는지 주변을 둘러본 적이 있는가? 아마도 적임자를 찾기가 쉽지 않았을 터이다. 뿐만 아니라 내가 원하는 딱 그 시간 그곳에서 그를 만나는 것 또한 쉽지 않은 일이다. 하지만 실망할 필요 없다. 우리에게는 '책'이 있지 않은가!

변화가 필요한 순간마다 내가 가장 먼저 손 내밀었던 곳은 책이다. 사서가 된 뒤로 부족한 역량에 마음이 괴로울 때

우연히 스펜서 존슨이 쓴『선물』이라는 책을 만났다. 길잡이 삼을만한 책이 그렇게 떡 하니 제때에 나타나 주는 것은 참으로 감사한 일이다. 나는 매년 새해에 이 책을 다시 꺼내 읽으며 트러스트 스트링을 움켜쥐듯 흩어진 각오들을 다잡는다. 책이 하는 말들은 매번 흐트러진 나를 똑바로 일으켜 세워준다. 오늘 내디딜 발걸음의 방향을 알려준다. 책과 나 사이의 신뢰에는 의심의 여지가 없다.

내가 찾던 '그 사람'이 오랜 시간 고민을 거듭한 끝에 내 가려운 곳을 시원하게 긁어줄 만한 답변을 상세히 적어놓은 것이 책이다. 언제든 필요할 때, 편할 때 읽어 보라고 친절하게 책으로 만들어 놓은 것이다. 독서라는 것은 순서나 속도, 방향 모두 내 호흡에 맞출 수 있다. 뒷장부터 읽든, 중간만 읽든 상관없다. 심지어 몇 번이고 내가 만족할 때까지 다시 함께 뛰어준다. 책은 알아듣지 못한다고 화내는 법이 없다. 차량 내 비게이션만큼이나 친절하게 열 번이고 백 번이고 다시 손을 내밀어 준다. 나와 맞지 않는다고 책장을 덮어버려도 결코 오해하거나 비난하지 않는다. 이보다 더 찰떡같은 '그 사람'을 어디서 또 찾을 수 있단 말인가? 게다가 몰입해서 읽을수록 나는 그 책과 같은 사람이 되어간다.

인터넷에도 무한히 많은 정보가 있다. 심지어 어마어마한 속도로 팽창하고 있으며 늘 최신이다. 24시간 열려있는 인터넷에서 구할 수 없는 정보는 없다. 하지만 이것은 앞도, 뒤도, 중심도 없이 흘러가는 데이터 조각들이다. 그 속에서 성찰

하고 해답을 얻기 위해서는 수집된 데이터를 검열하고 재편집한 뒤 내 사고의 요구에 맞게 재구성하는 과정이 필요하다. 그래야 비로소 내게 의미 있는 지식이 된다. 많은 연습이 필요한 일이다. 그래서 이미 검증되고, 구조화되고, 완성되어진 책으로 먼저 지식을 습득하는 연습을 하는 것이 유리하다.

혹시 아직 믿을만한 가이드 러너를 만나지 못했다면 결코 뒤통수 때릴 리 없는 책에서 먼저 파트너를 찾아보시길 추천한다. 삶의 모든 갈림길 앞에서 마땅히 첫 번째 동반자로 삼을만한 '그 사람'이다. 물론 아쉽게도 나는 아직 게임을 이길만한 책을 찾지는 못했다. 큰아들은 여전히 와이파이와 스마트폰만 있으면 골방도 두렵지 않다고 큰소리친다. 하지만 그런 아들도 어느 날은 분명 삶의 갈림길 앞에 서게 될 터이다. 아니 이 세상 모든 이들에게 '그 사람'이 필요한 어느 때는 수시로 오고야 만다. 그러니 나는 오늘도 게임에게 이기지도 못할 책을 읽고, 고르고, 서가에 정리한다.

# 생각 근육을 키우는 독서

"어! 야! 너 어제 학원에서 수학 20점 받았지~? 맞지?"

쉬는 시간에 열 명 남짓한 2학년 학생들이 줄을 서서 도서 대출을 기다리고 있었다. 쉬는 시간이 끝날 때쯤 도서관 문턱을 넘어 헐레 벌레 들어서는 H. 줄 서기가 지루하던 참에 그 아이를 발견한 한 2학년 아이가 뭔가 재미난 일이 떠올랐다는 듯이 갑자기 H에게 손가락질하며 큰 소리로 소리친 것이다. 일순간 도서관에는 정적이 흘렀고 모두의 시선이 H에게 향했다. 당황한 H의 얼굴이 붉어지는 속도와 소리친 아이의 웃음소리가 정비례로 상승했다. 함께 줄 서있던 주변 아이들의 어색한 웃음소리가 아하하하 함께 퍼져나갔다.

웃음소리에 힘입어 문제의 그 아이가 비아냥을 섞어 한

번 더 소리쳤다.

"아! 30점이었나? 20점 맞지? 그지! 응?"

같이 웃지 않으면 자신도 수학 20점짜리 사람이 되기라도 할세라, 함께 줄 서있던 아이들은 자동 반사적으로 H를 바라보며 웃음 대열에 합류했다. 어두우면 불 켜듯이, 고민의 흔적 없이! 일말의 주저함 없이! 가해자와 함께 방관자의 줄에 자연스럽게 서는 아이들을 마주하는 순간 H 만큼이나 철렁 내려앉는 내 가슴을 추스르기 쉽지 않았다. H는 도서관에 마저 들어오지도, 그렇다고 나가지도 못한 채 얼어붙어서 아무 말도 하지 못했다. 아이들은 때때로 왜 이렇게 잔인한 것인지…. 나는 날뛰는 감정을 누르며 정색한 얼굴로 웃음 대열을 매섭게 스캔했다.

"학생아~ 너는 수학을 잘하는가 보구나? 그럼 수학 못하는 친구를 좀 도와주는 건 어떨까? 그럼 네가 지금보다 훨씬 멋있어질 수 있을 것 같은데? 그러면 네 마음도 기쁘고, 친구도 고마워하지 않을까? 그리고 방금 같이 따라 웃은 친구들! 지금 어느 부분이 웃겨서 웃었던 건지 말해줄 수 있는 사람 있어? 아무도 없어? 뭔지도 모르고 그냥 따라 웃은 거야? 같이 웃지 못한 친구는 어떤 기분일지 혹시 생각해 봤니?"

내가 이따위 소리를 지껄이는 동안 H는 소리 없이 도서관 밖으로 도망쳤고 그 뒤로 다시는 도서관에서 만나보지 못했다. 말로 사람을 밟고 올라서서 나를 뽐내는 잔인한 장면을 마주하고도 아이들은 그저 따라 웃었다. 정말 아무 생각이 없이. 내가 가르쳐온 독서는 '생각할 힘'을 길러주지 못했었나 보다. 뒤통수가 화끈거리도록 부끄러웠다.

언젠가 비보잉 공연을 관람하던 중이었다. 웅장한 음악과 함께 공연이 시작되자 앞좌석에서 한 학생의 혼잣말 소리가 크게 들려왔다. 옆 좌석에 어머니인 듯한 여성은 이 학생의 입을 가리고, 옆구리를 찌르며 제지했지만 소용이 없었다. 아마 자폐 성향을 가진 학생인 듯했다. 소란스러운 말소리가 공연 틈틈이 떠다니자 뒷자리에 앉은 어린아이가 옆자리에 앉은 어머니에게 질문했다.

"엄마, 저 사람 왜 자꾸 큰소리로 말해요?"

그러자 어머니는 단호히 대답했다.

"응. 저 앞에 이상한 사람이 있어. 에잇, 참!"

이상한 사람…. 그 대답은 나를 지나 내 앞에 앉은 자폐 학생과 그 보호자의 귀에 들어갈 만큼 충분히 큰 소리였다.

18년 전 심한 아토피로 피고름이 범벅인 첫째 아들을 등에 업고 동네를 걷던 내가 흔히 들었던 말이다. 이상한 아기, 이상한 엄마, 이상한 사람. 신나는 공연 음악이 귓가를 맴도는 동안 목구멍 가득 아픈 기억이 차올랐다. 어쩌면 저 앞에 앉은 자폐 학생의 보호자는 그런 말에 이골이 나서 무심히 흘려들었을지도 모를 일이다. 하지만 그녀의 어깨를 한 뼘 움츠러들게 만들기에는 충분했다.

사람들은 자신과 다른 사람에게 '이상한 사람'이라는 말을 고민 없이 쉽게 붙인다. 얼마나 잔인할 수 있는지 생각지 못한 채 말이다.

어떤 이유와 목적으로 자폐가 있는 학생을 공연장에 데리고 온 건지 알 수 없으며, 사실 그녀가 어머니인지도 확실치 않았다. 자폐 학생은 공연이 끝날 때까지 혼잣말을 왕왕했고, 뒷좌석의 어린아이는 공연 내내 '이상한 사람'을 향해 싫은 내색을 하며 앞좌석의 내 등받이를 신나게 발로 찼다. 어린아이의 어머니는 아이를 제지하지 않았다.

나는 공연 내내 불편한 마음이 목을 조르는 듯해서 공연을 제대로 감상하지 못했다. 자폐 학생을 대중 공연에 데려온 어머니가 이상한 사람일까, 자녀에게 관람 예절은 가르치지 않고 자폐인은 이상한 사람이라고 가르치는 어머니가 이상한 사람일까? 이 모든 상황이 유독 불편한 내가 이상한 사람일까? 나는 이들과 삼자대면을 하고 서서 진지하게 대화하는 장면을 마음속으로 준비했지만, 공연이 끝나기 직전 자폐 학생과 보호자는 쫓기듯 공연장을 빠져나갔고 내가 세 번째 이상한 사람이 될 기회는 오지 않았다.


사람은 누구나 자신의 존재 의미를 고민하고, 더 나은 삶을 욕망하며 생을 이어간다. 그런데 그 속에 '내 생각'이 없다는 것은 칼날을 손에 쥐고 사는 것과 같다. 우리는 흔히 말한다. 글쎄 생각해 본 적 없어. 아무 생각 없었어. 아무 생각 없이 나오는 아무 말은 누군가에게 자주 상처가 된다. 사회적으로 논란을 불러일으키는 불온한 사건의 주인공은 보통 '나도 모르게, 별생각 없이'로 변명을 시작하곤 한다. '내 생각'이 없다는 것은 '내 삶'에게 명백한 유죄다.

생각 근육은 의식주만큼이나 중요한 생에 필수품이다. 좋은 삶을 살고 싶다면 자신의 생각과 감정을 수시로 알아차릴 수 있어야 한다. 이것이 쉽다는 말은 아니다. 그래서 우리는 생각하는 근육을 기르고 사고의 짜임을 단단히 만드는 도구로 독서를 이용하는 것이다. 그러니 독서는 인생 필수 아이템이다. 더 나은 성적, 더 나은 진학, 더 나은 직장, 더 나은 비교급의 성취를 위한 것이 아니라 인간다운 삶을 살기 위한 법을 배우기 위함이다. 부단히 읽고 기꺼이 생각하고 열렬히 이야기 나누자.

무지는 용서받을 수 있다.
그러나 무사유는 죄악이다.
　　　　　　　―『예루살렘의 아이히만,한나 아렌트』 중에서

# 독서를 위한 특별비법은 없습니다

우리는 왜 책을 읽는 것일까? 책을 읽으면서 세상에 대한 호기심과 궁금증을 해결할 수 있다. 다양한 삶을 들여다보며 주변과 마음을 나누는 법을 배울 수 있다. 삶의 철학을 공고히 세우고 자신의 생각 줄기를 다듬는 시간을 가질 수 있다. 좀 더 풍요롭고 의미 있는 삶을 만드는 데 도움을 받을 수 있다. 창의적이고 융합적인 사고를 키우는데 독서만 한 방법이 없다. 독서의 이로운 점에 대해서는 밤이 새도록 말할 수도 있다. 독서가 힘들고 재미없다고 말하는 사람은 있어도 독서가 쓸모없다고 말하는 사람은 없다.

초등학교 사서는 학급의 담임들과 협력해서 학생들이 책 읽기를 통해 작은 성공 경험이라도 할 수 있도록 다방면에서 아이들을 독려하고 자극하는 일을 한다. 온책(한 학기 동안 동학년 모두 같은 책을 한 권 읽는 것), 책똥누기, 책 읽어주기, 추천도서전시회, 독서 시간 확보, 독서 토론 등. 이 중에서 무엇보다 사서로서 가장 중요하게 생각하는 것은 개별성과 흥미이다. 아이마다 다른 상황과 성향을 인정하고 가능한 개별적 특성에 맞는 도움을 주되 자기주도적 독서가 될 수 있도록 흥미를 붙여 주어야 한다. 그러다 보면 보여주기식 일회성 행사나 통계지표에 두드러지는 결과물을 만드는 데 집중하기는 어렵다.

지난해 학교 평가에서 성과 위주의 독서교육을 요구하는 학부모님들의 제안이 3건이나 있었다.

- 독서 골든벨을 했으면 좋겠다.
- 독후감 쓰기를 활성화 하자.
- 책을 많이 읽으면 보상을 주는 행사를 자주 해야 한다.

자세히 해석해 보면 이런 것들을 하라는 것이다.

- 제대로 읽었으면 잘 알겠지? 정답을 맞혀봐 ➜ 시험의 또 다른 이름
- 책 읽고 이거 다 쓰면 상을 줄게 ➜ 보상을 위한 독서
- 책 ○○권 읽으면 ○○줄게 ➜ 깊이 없는 양적 경쟁

이런 활동은 앞에서 나열한 '우리가 독서를 하는 이유'와는 전혀 다른 이유의 독서를 아이들에게 강요하는 것이다. 영어단어를 암기하듯이 책을 외워서 독서 골든벨 대회를 치르고 나면 그 책을 다시는 거들떠보지 않는다. 대회라는 목적을 달성했으며, 재미가 없었기 때문이다. 독서록 확인 도장을 받기 위해서 책을 읽고, 공책을 채우고 돌아서면 내용은 잘 생각나지 않는다. 감동이 없었기 때문이다. 혹은 아예 읽지 않고 쓰는 수도 많다. 책을 읽고 다독상을 받아봐야 지혜나 상식이 늘지는 않는다. 권수 채우기에 급급해서 짧은 책만 열심히 훑으며 성실함을 인정받을 뿐이다. 독서를 정말 좋아하는 학생이 아니라면 되려 독서에 대한 흥미와 재미를 빼앗아가기 딱 좋은 활동들이다. 나도 알고 있다. 이렇게 눈에 보이는 상장, 독서록, 스티커판, 다량의 대출 이력이라는 결과물이 없으면 독서교육을 하고 있는지 마는지 티가 잘 안 난다는 것을. 사서가 놀고 있나 의심을 받아도 어쩔 수 없다. 득보다 실이 많은 활동을 시킬 수는 없다. 우리가 독후감 상을 받지 못하기 때문에 책을 읽지 못했는가 생각해 보자.

독서의 최신 트렌드는 매년 바뀌고 있다. 독서골든벨, 독서이력제, 디베이트, 필사, 하브루타, 비경쟁 독서토론, 낭독, 북큐레이션…. 독서 활성화를 위한 다양한 궁리들이 눈물겹다. 이러한 노력들이 소용없다거나 틀렸다는 말이 절대 아니다. 어른들은 다양한 방법으로 많은 아이들이 독서할 계기를 만들어 주기 위해 꾸준히 노력하고 있다. 다만 한국의 어른들은 형식을 갖춘 독서, 특별한 목적을 가진 독서를 너무 맹목적으로 좋아한다는 게 문제다. 그게 평가도 편리하고 공부라는 형식에도 잘 어울리기 때문이다.

독서는 분명히 공부에 도움이 될 수 있지만 공부를 잘하기 위해서 하는 것이 아니다. 독서를 단순히 공부의 도구로 삼으려는 편협한 시도는 성공률이 낮고 재미도 없다. 도대체 재미없는 무엇을 꾸준히 할 수 있는 사람이 얼마나 되겠는가? 덕분에 학생, 어른 가릴 것 없이 독서인구가 점점 줄어들고 있다. 1, 2학년 때만 해도 책을 좋아한다고 외치던 그 많은 아이들이 5학년만 되면 책에 정색을 한다. 돌아선 고학년들의 마음을 되찾는 것은 쉽지 않고 모범이 될만한 '책 읽는 어른'도 사라지고 있다.

배가 고프면 뭔가 먹고 싶은 생각이 든다. 먹고 싶은 걸 먹으면 기분이 좋아진다. 자꾸 먹다 보면 맛의 꿀 조합도 알게 되고, 잘 먹는 요령도 생긴다. 다음엔 무얼 먹을지 고민하는 즐거움도 생기기 마련이다. 이 과정에 특별한 비법이 뭐가 있겠는가? 관심 가는 음식을 골라 입에 넣으면 되는 것이지 비법이 따로 있지 않다. 책도 끌리는 책을 골라 그냥 읽으면 된다. 읽다 보면 어떻게 읽는 게 더 좋을지, 어떤 책이 나에게 필요한 책인지 자신만의 스타일을 알게 된다. 이 과정을 누가 대신해 주는 것은 별 의미가 없다. 독서를 위한 수많은 비법서들은 일단 독서를 시작한 사람에게 필요한 도구일 뿐이다.

그런데 먹을 시간이 없거나, 먹어야만 하는 음식이 산더미같이 쌓여있어서 배고플 겨를이 없다면? 혹은 배가 고픈 건지도 모른다면? 아이들은 의외로 여가시간이 많지 않다. 그나마 잠깐씩 짬이 나는 시간에는 스마트폰에 정신이 팔려서 다른 욕구를 느끼지 못하기 일쑤다. 유튜브와 게임을 이기는 책은 드물다. 도서부 아이들은 종종 읽고 싶지만 학원에 다녀와 지쳤거나, 숙제 때문에 읽을 시간이 없다고 내게 투정하기도 한다.

진짜 독서를 위해서 특별히 필요한 첫 번째는 '심. 심. 할 시간'과 '심. 심. 한 공간'이다. 두 번째는 독서에 '흥미를 가질 수 있는 긍정적 계기', 세 번째는 '마음 편히 독서를 즐길 수 있는 에너지'이다. 그렇다. 비법 축에도 들지 못할 이 간단한 것들이 우리 아이들에게 없다.

# 독서는 만년 꼴찌

귀욤뽀짝한 1학년 영찬이가 쉬는 시간에 다짜고짜 도서관에 컴플레인을 걸어왔다.

"선생님이 도서관에서 읽어주는 그림책이 재미있기는 한데요…. 한 가지 아쉬운 점이 있어요~. 저는 포켓몬을 엄청 좋아해서 포켓몬 책만 보는데 여기는 포켓몬 책이 한 권도 없더라고요. 그게 세상에서 제일 재미있는 책인데 왜 없어요? 저는 집에서 처음부터 끝까지 네 번이나 봤고 넷플릭스에 나오는 만화도 모두 다 봤기 때문에 얼마나 재미있는지 확실하게 알아요. 포켓몬에 대해서는 내가 뭐든지 다 설명해 줄 수 있어요!"

불만인지 자랑인지 아리송한 소리를 또박또박 늘어놓고

는 어깨를 으쓱이는 귀여운 그의 말에 얼른 사서 번역기를 돌렸다. 도서관에 만화책이 없어서 아쉽다는 뜻이다.

"영찬이는 포켓몬 전문가겠네?"

"그렇다고 할 수 있죠!"

"와~ 포켓몬은 동물인가?"

"당연하죠~!"

"그럼 영찬이는 동물에 대해서도 잘 알겠네?"

"동물도 조금… 알기는 하죠….."

"음~ 좋아. 도서관에 포켓몬 만화책이 없어서 아쉽겠지만 영찬이는 이미 포켓몬 전문가니까 집에 있는 책으로도 충분할 거야. 대신 도서관에는 동물 책이 많아요~ 그러니까 동물책을 포켓몬 책처럼 많이 읽으면 포켓몬이라는 동물에 대해서 더 전문가가 될 수 있겠다! 어때?"

"오~ 좋아요!!"

"이리 와봐. 여기가 동물에 관한 책을 모아놓은 곳이야. 이제부터 영찬이는 1학년 2반 동물 분야 담당 전문가인 거야. 여기 있는 동물 책을 모두 읽고 동물에 대해 궁금해하는 친구들에게 안내해 주는 거지. 포켓몬을 설명해 주듯이. 할 수 있을까?"

"당연하죠. 어? 와~ 오늘은 이 미생물 책 먼저 볼래요!"

다행히 통역에 성공했다. 저학년일수록 사서 번역기가 잘 먹힌다.

1, 2학년은 보통 글이 적은 그림책 서가를 서성이는데 영

찬이는 요즘 '400 순수과학' 서가 앞에 죽치고 앉아있다. 얼마나 저러고 있을지는 알 수 없지만 아마도 포켓몬을 사랑하는 크기만큼 그곳에 앉아 있지 않을까? 영찬이는 점심시간마다 친구들에게 멸종동물에 대한 책을 소개하는 데 열을 올리고 있다. 역시 한 우물 파 본 놈이 딴 우물도 잘 판다.

나는 만화책과 학습 만화책을 수서 목록에 잘 넣지 않는다. 그나마 몇 안 되는 학습 만화는 모두 복도에 비치 도서로 정리되어 있어서 대출을 해 갈 수 없다. 복도에서만 볼 수 있는 이 학습 만화들은 스마트폰 게이머들의 플레이가 지루해질 때쯤 그들을 유혹하는 막중한 임무를 맡고 있다.

독서는 글을 읽고 이미지화한 다음 내용을 기억하고 종합하고 추리하는 과정이 필수적이다. 두뇌를 적극적으로 풀가동하며 집중해야 도파민이라는 행복 호르몬을 보상으로 얻을 수 있는 노동이다. 독서는 생각보다 진입 장벽이 높은 고차원적 행위라는 뜻이다. 그러니 양질의 독서는 말초신경을 자극하는 직관적인 만화에 밀릴 수밖에 없다.

그런데 이보다 더 쉬운 것이 TV이다. 소리 내서 말해주는 데다가 영상으로 상세히 설명해 주니 상상하고 추리할 필요가 없다. 뇌가 푸욱 쉬면서 구경만 해도 도파민이 시청자를 즐겁게 해 준다. 그리고 이에 대적할 만한 것이 바로 유튜브 쇼츠와 게임이다. 짧게 요약해서 들려주고, 보여주고, 대신 상상해 주고, 알고리즘은 다음 선택까지 대신해 준다. 뇌에 전달되는 단편적인 정보를 소비하기만 해도 도파민이 분출된다. 길고 긴 내용을 이해하고 추리하는 따위의 노동을 하지 않아도 아드레날린이 분 단위로 뿜어져 나와 시청 의욕을 끌어올린다. 스마트폰 속 쇼츠와 게임은 이 구역 최강자다.

혹시 넷플릭스를 밤새 정주행 하고 난 다음날 새벽이나, 나도 모르게 쇼츠를 몇 시간 동안 보다가 문득 고개를 들었을 때 몰려드는 공허함을 경험해 본 적이 있는가? 뇌 전문가들은 뇌가 편안했던 만큼 행복의 질이 떨어지는 것이라고 지적한다. 이 사실을 아이들이 이해할 리가 없다. 이해하고 있는 어른도 스마트폰의 강력한 유혹을 거부하는 것은 쉽지 않다. 그러니 냉혹한 도파민 피라미드에서 만년 꼴찌 독서를 지켜내려면 나는 꼼수를 쓸 수밖에 없다. 아이들이 독서 세상에 안정적으로 한발 걸칠 때까지만이라도 만화, TV, 휴대폰과의 만남을 방해하는 꼼수 말이다.

디지털 세상의 거대한 변화 속에서 내 꼼수는 계란으로 바위 치기 같은 일이라는 것을 알고 있다. 불공정한 경쟁이라고 따져도 어쩔 수 없다. 나는 사서 번역기를 돌려가며 독서의 기적적인 꼴찌 탈출을 꿈꾼다.

# 저는 100권이나 읽었어요

쉬는 시간에 제 발로 도서관 문턱을 넘어 들어오는 아이들은 질문이 많다.

"『해리포터 불의 잔J.K. 롤링』 2권 아직 반납 안 됐어요?"

"이 책처럼 한국사 중에 재미있는 책 없어요?"

"『전천당히로시마 레이코』은 몇 권까지 있어요?"

"이 작가 다른 책은 없어요?"

"고양이 키우는 방법에 대한 책이 있나요?"

보통 너무 바쁘고 가끔은 귀찮기도 하지만 주도적 독서를 하는 귀한 손님들이기에 나는 가능한 세심하게 응대하려 애쓰는 편이다. 반면에 담임선생님의 진두지휘 아래 수업 시간에 몰려오는 학생들의 10%는 책 고르는 모양새부터 벌써 엉성하니 나를 애쓰게 만든다. 눈치상 뭔가 한 권 고르긴 골라야 하는데 꼼꼼히 살펴보기도 귀찮고 읽기도 싫은 아이들이 하릴없이 서성이기 때문이다. 이 아이들이 잘 사용하는 공용 멘트가 있다.

"만화책 없어요? 에~이 읽을 만한 책이 없어요!"

'만 오천 권 중에 단 한 권도 없다고?'

"다~ 우리 집에 있는 책들이에요!"

'아버지 서점하시니?'

"어제도 숙제로 엄청 두꺼운 책 읽었어요. 학교에서까지 읽기 싫어요."

'지금은 숙제하는 게 아니라 네가 원하는 게 뭔지 찾아볼 기회야~.'

"집에 책이 하도 많아서 힘들어요. 여기서까지 빌릴 필요는 없어요."

'아이고…. 집에서는 너무 많아서 못 읽고, 학교에서는 집에 많으니 못 읽고, 넌 언제 읽을 수 있니?'

물론 이런 마음의 소리는 정화 시스템을 거쳐서 아이에게 전달하지만 정말 애가 쓰이는 아이들이다. 다른 친구들이 관심 가는 책을 골라 읽는 동안 자신은 할 게 없으니 책 읽는 아이들을 요리조리 방해하며 한 시간을 그냥 허비하다 가기 일쑤다. 이리저리 구슬리고 꼬서가며 이것저것 손에 쥐어 보려 애쓸수록 되레 질색하며 튕겨나가는 게 또 이 아이들의 특징이다.

보통 이런 독서 경멸의 태도는 강압적인 독서를 경험한 아이들에게 필연적으로 나타난다. 이런 태도를 바꾸는 것은 차라리 독서교육을 전혀 접하지 못한 아이들을 돕는 것보다 훨씬 어렵다. 초등 독서는 내 취향의 책을 스스로 찾아보며 경험치를 넓혀가는 자기주도 학습의 첫 단추다. 첫 단추가 잘 못 끼워진 것이다.

한 학기 내내 친구들 따라 도서관을 오가면서도 책은 한 권도 펼치지 않는 5학년 시연이에게 새로 들어온 웃긴 그림책을 권한적이 있다. 그러자 시연이는 격한 손사래와 함께 거만한 목소리로 외쳤다.

"선생님 저 독서논술하면서 1학기에 책을 100권이나 읽었어요! 으…. 이젠 만화책도 보기 싫어요! 책은 더 안 읽어도 괜찮아요."

아…. 독서의 완성도를 권수로 계량하는 구시대적인 발상은 어째서 사라지지 않는 것인지!

"와~ 한 학기에 100권이나? 대단한데!? 그럼 그 100권의 책을 읽기 전의 너와 100권의 책을 읽고 난 지금의 너는 뭐가 달라졌어? 백 권이나 읽었으면 뭔가 엄청난 변화가 있었겠는 걸?!"

시연이는 순간 멍한 표정으로 버퍼링 상태가 되었다. 자신 있게 말했던 100권의 책들을 되짚어 보는 것이리라. 정말 100권을 읽었던 것인지는 알 수 없으나 충분히 즐기며 읽었다면 100권 아닌 1권만 읽었어도 쉽게 답할 수 있는 질문이었다. 제대로 깊이 있게 읽었다면 최소한 한 장면이라도 떠올라야 된다. 하지만 아무것도 기억나는 게 없는 눈치였다.

"아이고⋯. 감흥 없는 읽기를 100권이나 하느라 힘들었 겠구나⋯."

나는 진심으로 심심한 위로의 말을 건넸고, 시연이는 말 없이 『핫초코가 좋아요마크 서머셋』 그림책을 빌려 갔다. 그림책 이 마음에 들었던지 금세 낄낄거리며 돌아와 같은 작가의 다 른 책을 마저 빌려 갔다. 다음 주에는 『오싸오싹 크레용에런 레 이놀즈』 그림책을 반납하며 주인공 재스퍼가 크레용을 버리고 싶어 하는 이유에 대해 나와 신나게 떠들다 갔다.

시연이는 그렇게 5학년 2학기에 그림책부터 독서를 다시 시작했다. 도서관은 아이들이 독서 레벨과 진도를 스스로 정 할 수 있는 곳이다.

# 계량 독서의 오류

독서는 숫자로 계량하기 어려운 활동이며 숫자로 계량하려는 시도를 주의해야 한다. 나는 매 학기 말에 각 반 담임선생님들에게 학생이 한 학기 동안 대출한 대출 목록을 개인별로 정리한 엑셀 파일을 전달한다. 이것은 누가 누가 제일 많이 대출했고, 어느 반이 제일 많이 대출했는지를 가늠하기 위함이 아님을 반드시 서두에 명시한다. 한 학기 동안 아이가 어떤 책을 읽었는지 확인함으로써 편향된 독서를 하는 것은 아닌지, 독서량이 부족하지는 않은지, 아이가 어느 분야에 관심이 많은지 등을 교실에서 세밀하게 독서 지도해 주십사 부탁하기 위해 정보를 제공하는 것이다. 그럼에도 파일이 전달되고 나면 꼭 이런 질문을 하는 학생들이 찾아온다.

"우리 반에서 책을 제일 많이 대출한 사람은 누구예요?"

"우리 학년 중에 어느 반이 제일 많이 대출했어요?"

"제일 많이 빌려 간 사람한테 상이나 선물 같은 거 주면 안 돼요?"

자신의 이름이나 학급이 언급되기를 기대하며 눈을 반짝이는 학생을 보고 있으면 미안하고 안쓰럽다. 비교와 경쟁의 세계에 갇혀있는 아이들이 저울에 자신을 스스로 올려놓고 저울질을 부탁하는 것이다. 백 권을 읽든 한 권을 백 번 읽든 읽고 이해한 만큼 느끼고, 깨닫고 그로 인해 삶이 풍요로워질 수 있도록 하기 위해 독서한다는 걸 어떻게 이해시켜야 할까?

가끔 내게 책을 추천해 달라고 요청한 적이 있는 체육 선생님이 급식을 먹다가 문득 수줍은 고백을 하셨다.

"저는 어른용 두꺼운 책들보다 사서 선생님이 권해 주셨던 책 중에 그림책『달려!다비드 칼리』나 청소년 소설『5번 레인 은소홀』이 더 재미있더라고요~. 아무래도 저는 수준이 그 정도밖에 안 되나 봐요."

그건 수준이 아니라 취향의 문제라고 대답했다. 취향에 따라 좋아하는 영화의 장르가 다르듯이, 성향에 따라 마음에 드는 장면이 다르듯이 독서도 그러하다. 초등학교에서 체육을 가르치고 계시니 당연히 어린이들이 운동하는 소재의 책에 더 많이 공감이 되었을 것이다. 여러 권 많이 읽어내는 것이 독서의 목적이 아니듯이, 두껍고 어려운 책을 읽는 것이 수준 높은 독서라고 말할 수 없다.

『카라마조프의 형제들도스토예프스키』,『주홍글씨나다니엘 호손』등 매번 벽돌 같은 어른용 고전만 빌려 가는 6학년 아이가 있다.

"너는 몇째에게 제일 공감이 되었어?"

"주인공이 끝까지 침묵한 이유가 뭐라고 생각해?"

그 아이는 책을 반납하며 매번 재미있게 읽었다고 말했지만 한 번도 나와 제대로 감상을 나누지는 못했다. 어쩌면 책의 재미보다는 옆에서 감탄하는 어른과 친구들의 시선을 더 즐겼던 것일지도 모르겠다. 물론 아이는 정말 재미있게 읽었을 수도 있겠지만 그 책에 담긴 삶의 정수를 다 이해하지는 못했으리라 짐작한다. 이 아이의 독서가 의미 없었다는 것이 아니다. 아이는 분명 자신이 살아온 13년의 경험치 안에서 작품을 이해했을 것이다. 다만 두꺼운 책이 주는 허세에 너무 빠져 있는 것이 안타까웠다. 유명하거나 두껍지는 않지만 본인에게 잘 맞는 더 좋은 책도 많을 텐데 말이다. 오늘은 도서관에 들어서자마자 성인 서가로 직진하는 녀석의 손에 조용히『아몬드손원평』를 한 권 쥐어 주었다.

반대로 두꺼운 책을 못 읽게 하는 어른도 있다.

"니 그거 읽을 수 있겠나? 이거는 형아 되면 읽는 거다~. 딴 거 골라온나."

아직 1학년인 학생이 두꺼운 책을 들고 대출 반납대에 서면 평균이라는 잣대로 아이의 수준을 가늠한 뒤 읽을 수 있는 책을 친절하게 구분 지어 주는 학부모 도서 도우미를 여럿 보았다. 혹은 "아직 2학년인데 벌써 이렇게 두꺼운 책을 읽나~? 대단하네!"라며 두꺼운 책을 읽는 것이 훌륭한 독서라는 느낌의 칭찬을 건네는 경우도 많다.

사실 좋아하는 장르가 명확한 아이들은 책의 두께나 어휘의 수준을 보고 책을 고르지 않는다. 그저 자신이 좋아하는 것과 조금이라도 관련된 것이라면 주저 없이 펼쳐본다. 일부분만 읽거나 사진만 구경하는 수도 있지만 그러면서 예상보다 더 많은 내용을 흡수하기도 한다. 누가 시켜서 그 두꺼운 책을 읽으라고 했다면 절대 안 읽겠지만 스스로 선택한 책은 본인에게 재미가 있는지 없는지 그것만이 중요하다. 흥미로운 점은 이 재미 포인트를 본인만 알 수 있다는 사실이다.

내 흥미와 수준에 맞는 책을 찾아서 제대로 읽으면 '아하~!' 무릎을 치며 새롭게 알게 되거나 미처 생각지 못하던 것을 깨닫게 되는 지점이 있다. 그것을 가지고 홀로 사색을 하든, 누구와 대화를 나누든, 정리해서 글로 남기든 내 방식대로 표현하고 싶어지는 순간이 있다. 덕분에 크든 작든 내면에 변화가 일어난다면 생각과 말과 행동이 바뀐다. 우리가 독서를 통해 기대할 수 있는 효과는 이런 것이다.

아무리 짧은 그림책이라도 그 속에서 나만의 의미를 찾아낼 수 있다면 그것은 높은 수준의 독서이다. 아무리 두꺼운 책이라도 글자만 읽는다면 의미 없는 행위인 것이다. 그러니 몇 학년용 책이니, 유아용 책이니 하는 구분은 절대적이지 않다. 독서는 몇 권 읽었느냐, 얼마나 두꺼운 책이냐가 아니라 책의 내용이 내 삶의 화두와 맞물려 내게 얼마나 유용하였는가 하는 점이 훨씬 중요하다.

# 추천도서 목록님

독서교육은 학업의 연장선상에서 학부모님들이 지대한 관심을 쏟는 부분이다. 독서는 창의적이고 논리적인 사고를 위한 학생의 기본 소양이라 할 수 있다. 그러니 자녀의 독서를 위해 심드렁한 아이를 대신해 열성적으로 대출을 대행하는 부모님들이 많다. 간혹 빽빽이 프린트되어 있는 추천도서 목록을 답안지 마냥 쥐고 도서관에 오는 분들도 있다. 초등 추천도서 목록, 올해의 추천도서 목록, 인문학 추천도서 목록 등. 본인이 준비해 온 추천도서 목록 속의 책이 도서관에 없으면 더없이 아쉬워하며 다른 목록을 찾아 꼼꼼히 검토하신다. 심지어 빈손으로 돌아서며 다른 도서관으로 향하기도 한다. 과연 내 아이를 알 리 없는 사람이 만든 추천도서 목록은 내 아이를 잘 알고 있는 어머니의 안목보다 더 정확할까?

물론 나도 매년 많은 공을 들여 추천도서 목록을 만들기에 그 목록의 거룩함을 너무나 잘 안다. 모든 추천도서 목록은 특정 대상과 목적을 염두에 두고 만들어졌을 것이며 훌륭할 것이다. 책을 읽고 싶기는 한데 어떤 책을 읽어야 할지 모를 때 전문가의 식견이 가미되어 있는 관심 분야의 추천도서 목록이 있다면 마다할 이유가 없다. 다만 명확히 할 것은 추천도서 목록을 활용하는 방법이다. 추천도서 목록의 함정은 개인 맞춤형이 아니라는 점이다. 따라서 추천도서의 목록을 따라 독서를 시작했다면 그다음은 자신의 관심과 취향을 반영한 스스로의 선택이 이어져야 독서에 발전이 있을 수 있다.

민성이 어머니는 내가 처음 사서가 되던 해부터 3년을 성실히 한 주도 빠지지 않고 민성이를 대신해 추천도서 목록의 책을 매주 대출해가셨다. 어머니의 대출 이력은 정말 훌륭했다. 교과서 수록 도서, 여름방학 추천도서, 초등 명작 추천도서…. 좋다는 책은 모두 빌려 가셨다. 당시에는 장서량이 부족해서 1인당 대출 가능한 책이 두 권이었다. 추천도서 목록의 책만 빌려도 빌려 갈 책이 차고 넘쳐서 민성이가 원하는 책은 빌릴 새가 없었다. 초보 사서였던 나는 이 성실함의 끝이 무척 궁금했다.

민성이는 늘 마지못해 끌려온 듯 시큰둥한 얼굴로 방과 후에 어머니와 도서관에 들어서곤 했다. 열심히 책을 검색하는 엄마 뒤에서 학습만화나 잡지를 뒤적이다 갈 뿐, 쉬는 시간에 제 발로 도서관을 찾는 일은 없었다. 학년이 올라가도 독서에 전혀 흥미가 붙지 않는 것 같았다. 어느 날 어머니는 민성이가 결국 책을 아예 읽지 않으려 한다며 눈물로 한탄하셨다. 아무리 용돈이나 게임 시간으로 보상을 해 준다고 해도 이제 소용이 없다며 더 좋은 방법을 알려 달라고 하소연하셨다. 열성적이었던 어머니의 오랜 노력에 비하면 참 초라한 결과였다. 왜일까?

넷플릭스에서 시청할 작품을 고른다고 생각해 보자. 장르로 검색하고, 리뷰도 보고, 추천 영상도 참고한다. 그렇게 선택한 영화를 감상한 뒤에 별점 5점을 주면, 알고리즘에 반영되어서 다음에는 그 감독의 영화, 그 배우의 영화, 그 장르의 추천 영화가 화면에 뜬다. 반면에 아날로그 추천도서 목록에는 내 자녀의 취향과 수준, 관심사가 반영되어 있지 않으며 당연히 읽은 책에 대한 피드백 역시 없다. 그러니 수많은 추천도서 중에서 나와 맞는 책을 발견했다면 그다음에는 더 이상 종이에 적힌 추천도서 목록에 의지할 필요가 없다. 그 작가의 다른 책, 그 시리즈의 다른 책, 그 분야의 다른 책을 검색해서 읽으면 된다. 유명하지 않아도 신간이 아니어도 괜찮다.

어제 방문했던 맛집의 음식이 엄청나게 맛있었다면 다음날 만난 지인과 밥을 먹을 때 나도 모르게 그 이야기를 하게 된다. 독서에서도 진짜 즐거움을 경험하고 나면 나도 모르게 주변에 권하기도 하고 비슷한 다른 책을 읽고 싶어지게 된다. 자기가 좋아하는 것을 발견해 가는 과정에서 독서에 재미가 붙게 되는 것이다. 남이 좋다는 것만 끝없이 읽어내는 끈기를 가진 아이는 지금껏 본 적이 없다.

그럼 시청을 시작한 드라마의 1편, 2편이 재미없으면 어떻게 하는가? 안 본다. 그런데 책은 왜 끝까지 다 읽고 독후 활동까지 마쳐야만 독서라고 강요하는 걸까? 빵집에서 빵 고르듯, 옷 가게에서 옷 고르듯 책도 내 취향대로 고르고 맛보는게 중요하다. 만약 의외로 맛이 없으면 그만 먹으면 되고, 의외로 안 예쁘면 안 입으면 된다. 나는 맛있는데 아이는 맛이 없을 수 있고, 너는 예쁜데 나는 안 어울릴 수 있다. 빵은 빵값이 아깝고, 옷은 옷값이 아깝겠지만 책은 돌려주면 그뿐이다. 괜찮다. 수많은 책 중에 몇 권을 반납했을 뿐이다. 지금 들고 있는 추천도서 목록 속의 책은 이곳에 없을지라도 최소 만 권이 넘는 맛을 고를 기회가 여기 작은 도서관에 있다.

아이가 아이쇼핑하듯 직접 서가를 거닐며 구경하게 내버려 두자. 처음엔 실패할 확률이 높겠지만 보물찾기 하듯 간혹 인생 책을 만나기도 할 것이다. 그렇게 '나는 무엇을 좋아하는지' 스스로의 취향을 알아내는 과정까지 다 포함해서 독서이다. 이것은 평생을 두고 일궈가는 재미있는 성취이며 그 긴 여정의 출발점이 바로 초등학교 도서관이다.


학교 도서관이라는 곳은 세상의 수많은 책을 다 담아내기엔 참 소박한 규모이다. 그러니 사서는 그중에서 학생들에게 유용할 법한 책들을 장르별로 골고루 고르고 골라 서가를 살뜰히 채운다. 교육청 교과연계도서, 어린이도서연구회 추천도서, 학교도서관저널 추천도서, 학교도서관사서협의회 추천도서, 책씨앗 올해의 추천도서, 온라인 서점의 분야별 신간과 어린이 베스트셀러 등을 수시로 훑으며 책을 사냥한다. 그리고 교사와 학부모로 구성된 도서관 심의위원회의 내부 검토를 거쳐 최종 구매에 이른다.

학교 도서관에 입성한 책이라면 아무 책이나 잡아도 아무 책은 아니라는 말이다. 장담하건대 초등학교 도서관은 길을 잃어도 결코 손해 볼 일이 없는 보물섬이다. 보물지도는 없어도 괜찮다. 우리는 아이들이 거리낌 없이 보물섬에 발을 내디딜 수 있도록 응원하기만 하면 된다.

혹시 민성이 어머니가 매주 자신을 위한 책을 3년간 대출해서 열심히 읽었다면 곁에서 구경하던 민성이의 초등 독서는 어땠을까?

# 차올라 넘칠 때 받아 적기

누군가 대출 반납대에 루리의 『긴긴밤』을 툭 올렸다. 반가운 마음에 얼른 고개를 들어 올려다보니 5학년 6반 담임선생님이다. 너무 바쁜 와중이었지만 모니터에서 잠시 눈을 떼야 하는 순간이다. 정말 재미있게 읽었던 책이기에 감상을 공유하고 싶었다.

"선생님 이 책 어땠어요? 내용이…."

상대방이 음…. 뜸을 들이는 순간 나도 기억을 더듬어 보았다. 어랏! 감상에 젖어 마지막 장을 쓰다듬으며 갈무리되지 않는 긴 여운의 끝자락에 멈춰 서서 '정말 좋아'를 반복하던 내 모습만 기억나고 어떤 부분이 좋았었는지는 기억나지 않았다. 불과 몇 달 전에 읽은 책인데도 내용이 가물가물했다.

다행히 선생님이 코끼리 고아원에서 코끼리들과 연대하며 자랐던 코뿔소 노든의 어린 시절에 대한 감상을 먼저 나눠 주셨다. 듣다 보니 스멀스멀 기억이 떠올랐다.

"맞아요! 코가 짧아도 별문제가 아니라며, 코가 긴 코끼리는 많으니까 그저 우리 곁에 함께 있는 것이 순리라고 말하는 할머니 코끼리의 말에 눈물이 핑 도는 큰 위안을 받았었어요! 우리는 서로에게 그런 존재가 되어 줘야 하지 않겠어요~? 치쿠와 노든이 목숨을 걸고 지켜낸 알 말이예요…. 내가 지켜내고자 하는 알은 무엇일까 생각해 보셨어요?"

책수다를 떤만큼 나의 퇴근 시간은 늦어져 버렸지만 한참을 이야기 나누고 나니 지난 학기에 나를 강타했던 소중한 감상이 다시 되살아났다. 다른 사람의 의견을 들으니 책을 더 깊이 있게 다시 읽은 듯했다. 수많은 긴긴밤을 함께하며 '우리'라고 불릴만한 관계를 만드는 삶에 대한 흐릿한 내 생각이 정리되면서 작은 배움이 한 겹 쌓였다.

가만히 생각해 보니 그동안 짬짬이 읽어 온 책들이 적지 않은데 그때의 감동과 깨달음이 야속한 시간과 함께 기억 속으로 거의 다 사라져 버렸다는 것을 알아챘다. 아까웠다. 읽어낸 책의 내용이 다 내 것이 되었다고 생각했는데 바구니 구멍으로 모래알 빠져나가듯 다 흘려보내고 텅 빈 기억의 조각만 들고 있는 건 아닌가 돌아보게 되었다. 그날부터 나는 기록을 시작했다. 읽은 책의 사진과 함께 짧게라도 감상을 남기며 내 나름대로의 독후 활동을 시작한 것이다.

언젠가부터 쿠키 만들기, 종이접기, 트리 만들기 등. 독후 활동을 목적으로 하는 독서수업이 다양하게 늘고 있다. 한 번은 환경보호를 주제로 하는 어린이 독서 특강을 본 적이 있다. 환경보호를 주제로 한 그림책을 10분 정도 읽어준 다음 '양말목 리스 만들기' 키트를 만드는 데 나머지 시간을 다 사용하는 수업이었다. 독서수업이라기보다는 양말목 공예수업에 가까웠다. 마치 주객이 전도된 모습이랄까. 독서수업이었다면 그림책에서 말하고 있는 환경보호가 무엇인지, 그래서 하필 양말목이라는 재활용품으로 리스를 만드는 이유가 무엇인지 함께 생각해 보는데 좀 더 많은 시간을 할애했어야 하지 않았을까?

도서관에는 A4용지 반을 잘라 '책똥누기'라는 제목을 인쇄해서 비치해 두는 책상이 있다. 자신이 읽은 책의 일부를 필사하거나 내용에 대한 질문, 감상 등 하고 싶은 이야기를 적는 용지이다. 나에게 제출하면 칭찬의 뜻으로 비타민을 하나 받을 수 있고 다른 친구들도 감상할 수 있게 복도에 전시해 주는 달콤한 거래이다. 대신 절대 강제로 권하지는 않는다. 내 경험상 비타민은 어디까지나 책똥누기를 시작하는 작은 미끼 그 이상일 수 없으며 글쓰기를 하고 싶게 되는 진짜 순간은 따로 있기 때문이다.

"선생님 그거 알아요?"

"선생님 제가 여기서 봤는데요~."

아이들은 간혹 자신이 발견한 책이 얼마나 재미있었는지, 얼마나 놀라운 내용을 읽었는지 내게 재잘재잘 자랑하곤 한다. 그러면 나는 조용히 책똥누기 종이를 내민다. 지금 그 이야기를 까먹기 전에 한 번 적어 보라고. 짬이 되면 적어낸 내용을 소리 내 읽어주며 함께 이야기를 잠시 나눈다. 그럼 아이는 그 책을 두 배로 즐기게 된다. 이렇게 책똥누기를 시작한 아이들은 글쓰기와 사이좋게 지낸다. 책 읽기의 즐거움도, 글쓰기의 즐거움도 맛본 덕분이다.

사실 독서계의 최강 숙적은 독후감 숙제를 위해 강제로 펼치게 되는 독후감용 독서이다. 책의 선택권은 없지만 분량은 정해져 있는 글쓰기 숙제다. 책 내용을 함께 토론하거나 감상을 나누는 책수다도 없이 꾸역꾸역 읽고 '정말정말 재미있었다' 등의 감동을 쥐어짜내는 독후감 쓰기를 다들 한 번쯤 해 보았을 것이다. 읽었지만 무슨 내용인지 잘 모르겠고, 크게 감흥도 없었기에 딱히 할 말도 없지만 숙제니까 그저 써 내려간 독후감. 그렇게 읽은 책은 독후감 제출과 동시에 변기 물 내리듯 기억에서 사라지곤 한다.

정말 재미있는 영화는 별점으로 대변되는 관람객의 입소문으로 100만 관객을 끌어모으고, 좋은 책은 독자들의 입소문으로 베스트셀러가 된다. 즉, 나를 자극하는 무엇을 만나게 되면 누가 시키지 않아도 그것을 말하고 싶고 나누고 싶어진다. 감상이 차오르면 말로, 그림으로, 만들기로, 글로 표현하고 싶어진다. 그 순간을 알아차리고 무엇으로든 표현하면 그게 바로 책을 제대로 씹어 먹는 진짜 독후 활동이다. 꼭 책이 아니어도 좋으니 평소에 영화나, 드라마, 유튜브 영상 등을 보고 나서라도 내 생각을 한 줄로 표현해 보는 연습을 해 보자. 습관이 무서운 법이다.

# 아이들은 모두 자기만의 시간표가 있다

수업 시간에 도서관으로 도서관 활용 수업을 오면 아이들은 적어도 한 권은 무조건 골라서 손에 쥐어야 한다. 6학년 지윤이는 1학기 첫 학급 방문 때부터 꾸준히 미로 찾기 책만 빌려 갔다. 미로 찾기를 그 정도로 애정 하는 것인지, 독서를 싫어하는 것인지 한눈에 가늠하기 어려웠다. 그래서 그림책 중에서 고학년이 읽을 만한 신간을 조심스레 권해줬다. 어떤 날은 키득키득 거리며 같이 읽기도 했다. 그렇게 한 학기 내내 그림책을 권했더니 2학기 어느 날 문득 그림책 말고 다른 책도 권해 달라고 요청했다.

"재미있는 소설책 한 권 골라주세요. 사서 선생님은 진짜 재미있는 책만 권해주시니까 믿고 읽어 볼래요."

나는 지윤이에게 차율이 작가의 『묘지 공주』를 권해주었다. 지윤이는 다음날 눈을 반짝거리며 다 읽은 책을 반납했다.

"선생님 진짜 재미있었어요! 이렇게 재미있는 책 또 있어요?"

지윤이는 그 뒤로 차율이 작가의 『인어소녀』, 『괴담특공대』, 『미지의 파랑』을 차례대로 섭렵하고는 창비청소년 문학으로 건너가 800번대 서가에 푹 파묻혀서 겨울방학을 보냈다. 나중에 알고 보니 세계명작과 과학전집 등 각종 시리즈를 엄청나게 많이 읽은 똑똑한 친구였다. 하지만 집에서 강제로 읽은 어려운 책들에 질려서 독서를 거부했던 것이다.

3학년 태훈이는 두꺼운 돋보기안경을 끼고는 매일 『윔피키드제프 키니』 시리즈를 빌려 갔다. 보고 보고 또 보고 외울 법도 한데 그래도 재미있는지 교실로 가는 복도에서도 걸으며 읽다가 나에게 몇 번이나 타박을 들었다. 비슷한 수준의 다른 재미있는 책을 몇 번 권해 봐도 몇 달 동안 눈 하나 꿈쩍하지 않던 태훈이가 어느 날 자기 손으로 『의외로 친해지고 싶은 곤충도감누마가사 와타리』을 골라왔다.

태훈이는 그 뒤로 곤충 관련 책만 읽었다. 나는 개인 취향 존중 차원에서 태훈이를 위해 곤충도감을 두 권이나 더 샀다. 4학년이 된 태훈이는 여전히 돋보기안경 너머로 책을 읽으며 복도를 걷다가 나에게 들켜 잔소리를 듣곤 한다. 하지만 이제는 장르 불문 다독왕이다. 신간 중에 어떤 책이 재미있는지 없는지, 학생들에게 인기가 있을지 없을지는 태훈이에게 물어보면 정확히 알 수 있다.

2학년 해선이는 두꺼운 책이나 영어 원서를 척척 읽는 잘난 아이의 단짝 친구이다. 단짝 친구와 도서관에 올 때마다 자신은 어려운 책은 읽을 줄 모른다며 기가 푹 죽어 있었다. 그림책조차 펼쳐보려 하지 않았다. 나는 해선이와 친구들에게 짬짬이 재미난 그림책을 읽어주고는 1학년 동생들에게 이런 재미있는 책을 소개해 주거나 찾아주는 임무를 맡겼다. 해선이는 그림책 작가 김영진의 팬이 되었고, 한 학기 만에 그림책서 속 인기도서 위치를 꿰뚫고 있는 전문가가 되었다. 그렇게 3학년이 되면서 자연스럽게 줄글 책으로 넘어갔다.

1학년 아이들에게 책을 좋아하는 사람은 손을 들어보라고 하면 한두 명 빼고는 모두 다 손을 번쩍 든다. 그런데 6학년 교실에서는 이런 질문 자체가 비웃음거리 수준으로 전락한다. 왜 그럴까? 독서가 좋다고 그렇게 손을 번쩍번쩍 들며 자신이 얼마나 재미있는 책을 많이 아는지 자랑하던 아이들은 다 어디로 사라지는 것일까?

아이들은 모두 자기만의 성장 시간표가 있다. 그림책을 읽을 때, 곤충 책을 읽을 때, 역사책을 읽을 때, 드디어 두꺼워도 더 긴 이야기를 읽고 싶을 때…. 이 시간은 어른의 기준으로 봤을 때 너무 더뎌서 답답할 수도 있고 아주 짧아 아이가 없을 수도 있다. 중요한 것은 개인의 성장 속도와 취향에 따라 변화의 양상이 천차만별이라는 것이다.

우리는 아이가 자기만의 시간표대로 멈추지 않고 계속 읽을 수 있도록 시간과 공간을 내어주기만 하면 된다. 하지만 어른들은 대체로 이 시간표를 인정해 주지 않고, 심지어 표준 독서 시간표를 아이에게 강요한다. 이제 4학년이니까 동생처럼 그림책 가져오면 안 된다고 줄글 책만 대출하라는 규칙을 정하는 선생님. 방학숙제로 오래되고 재미없는 교과연계 도서만 빼곡히 적어주는 선생님. 아이가 공룡책만 읽는데 어떻게 하면 그 책을 그만 읽게 할 수 있을지 내게 상담하는 학부모님. 중학교 가기 전에 미리 역사와 고전은 떼고 가야 하는데 절대 안 읽으려 한다며 고민하는 학부모님. 이들이 모두 독서를 사랑하는 아이들을 사라지게 만든 용의자들이다.

　　도서관에는 아이들의 호기심과 안목을 믿고 선택을 지지해 줄 어른이 더 많이 필요하다.

# 학교 도서관의 코끼리

내가 근무하는 학교와 이웃한 초등학교에는 여태 사서가 없었다. 그러다 작년에 사서 교사 S가 새로 부임했다. 그곳으로 전근을 간 친한 선생님의 새 학기 안부 인사에 S의 소문이 봄바람처럼 실려 왔다. 새로 온 사서 교사가 서가 배치를 싹 바꾸고, 장서 정리를 새롭게 했다고. 학교 여기저기에 책 읽는 공간을 마련해서 아이들이 오며 가며 독서할 수 있는 분위기를 만들었다고. 덕분에 아이들이 손에 책을 들고 복도를 지나가는 신기한 광경을 자주 목격할 수 있게 되었다고. 칭찬이 제법 길었다.

학년별로 독서교육이나 도서관 이용 교육도 하고 도서관 이벤트도 다양하게 하는 등 S가 어찌나 독서교육을 체계적으로 잘 꾸려 가는지 학교 특색사업을 아예 '독서'로 바꿔버렸다고 한다. 사서 없이 도서관이 방치되다시피 하던 학교이다 보니 기존에 근무하던 학교 선생님들의 감동이 더욱 남달랐다. 감탄 섞인 칭찬에 괜히 내가 같은 사서랍시고 절로 목에 힘이 들어갔다.

학교 도서관 지원센터 주관으로 인근 지역 초등학교 사서 교사와 전담 사서들이 모두 함께 협의회를 진행한 적이 있다. 서로 왕래가 잘 없는 사서 교사와 전담 사서 두 그룹의 조우는 실로 오랜만이었다. 최근에 도서관 리모델링을 마친 한 초등학교를 탐방할 겸 모인 자리에서 야무진 눈빛의 S와 처음 인사를 나눴다.

'전담 사서'는 사서 교사를 거의 채용하지 않던 시절에 임용시험 없이 면접으로 채용한 공무직 직군이다. 수업권이 없지만 오랜 경력으로 쌓인 도서관 운영 내공이 상당하다. '사서 교사'는 최근 몇 년 동안 채용이 조금씩 늘면서 불어난 직군으로 임용시험을 거쳐서 정식 교사로 발령을 받아 근무한다. 교과연계를 통한 수업을 고민하는 등 '사서 교사'로서의 업무도 크지만 기본적으로 학교 도서관을 꾸려가는 1인 관장이라는 점에서 '전담 사서'와 동일한 목표를 가지고 근무한다. 그렇다 보니 진상 학부모에 대한 푸념도 나누고, 독서의 적은 학습만화인가 휴대폰인가에 대한 견해도 나누며 금세 공감대가 형성되었다.

오랜만에 만난 '전담 사서'와 '사서 교사'들은 도서관 운영 전반에 걸친 경험과 정보를 나누고, 이웃 학교들의 현황도 전해 들었다. 듣다 보니 어디서도 들을 수 없는 생생한 현장의 귀한 소식이 넘쳤다. 전담 사서의 숙련된 꿀 팁들, 사서 교사의 젊은 패기와 새로운 시각이 어우러졌다. 다음번에도 또 이런 자리를 꼭 마련해 보자며 아쉬운 인사로 자리를 정리했다. 교사니 공무직이니 하는 직군의 차이는 업무 현장에서 전혀 중요한 문제가 아니었다.

매년 봄이면 교육청에서 '책톡!900'이라는 독서동아리 공모사업 신청을 받는다. 독서동아리에 관심 있는 선생님이라면 누구든 신청해서 담당자로서 진행할 수 있는 사업이다. 아무래도 '독서'이다 보니 국어과 선생님이나 사서 선생님들이 많이 신청하는 편이다. 올해도 열정적인 사서 선생님들이 이 사업을 많이 신청했다. 우리 학교도 4년째 이 독서동아리를 이어오고 있다. 그런데 올해 갑자기 예산 운용과 관련해 사업 운영 방침이 변경되었다며 이 사업에서 모든 전담 사서를 일괄 배제한다는 공문이 내려왔다.

해마다 이 공모사업을 잘 꾸려왔던 전담 사서들이 속한 학교는 일제히 난감해졌다. 무엇보다 기다리던 학생들이 피해를 보게 생겼으니 말이다. 담당 장학사에게 항의가 꽤 들어갔던지 결국 전담 사서의 참여도 허락한다는 정정 공문이 교육청으로부터 다시 내려왔다. 후에 전해 들은 바로는 이를 지켜보던 사서 교사들의 마음도 편치 않았다고 했다.

몇 년 전에는 교육청에서 진행하는 '독서토론리더' 교육과정을 신청했다가 '교사'도 아닌 사람이 교사 대상 교육을 신청했다며 관리자에게 눈물이 쏙 빠지도록 혼쭐이 났다. 덕분에 쓸데없는 열정은 독이 된다는 귀한 교훈을 얻었다. 당시 전담 사서를 위한 독서교육은 전무했고 교사를 위한 '독서토론리더' 교육은 신청자 미달이었다.

나는 그날 전담 사서는 발전할 필요가 없다는 교육청의 메시지를 가슴에 깊이 새겼다. 그때 나는 결국 교육을 받지 못했었지만 이번 독서동아리 공모사업 사건은 일정이 다소 늦춰졌을 뿐 잘 해결된 경우라고 할 수 있다. 잊을 만하면 발생하는 이런 내부적 편가르기 사건은 왕왕 있어왔기에 새삼 놀랍지도 않다. 이러니 전담 사서와 사서 교사 두 그룹의 왕래가 뜸한 것은 어쩌면 자연스러운 결과라고 할 수 있다.


배를 신속하게 몰아서 목적지에 무사히 도착하려면 모든 사공이 함께 힘을 모아서 한 방향으로 노를 저어야 한다. 엉뚱한 방향으로 노를 젓는 사공, 노 젓는 법을 잊은 지 오래된 사공, 노 젓는 신기술을 배운 사공, 홀로 더 많은 노를 저어야 하는 사공. 이들이 섞여서 노를 젓는 배는 과연 앞으로 나아갈 수 있을까? 정확하고 안전한 항해에 공동의 비전과 협력. 그보다 더 중요한 것은 무엇인가?

로널드 A. 하이패츠의 『어댑티브 리더십』 제2권의 부제목은 「방 안의 코끼리」입니다. 변화를 위해 해결해야 할 중요한 과제임에도 안정상태를 유지하고자 무시되어 온 문제를 '방 안의 코끼리'에 비유합니다. 조직 내의 문제를 정확히 진단하는 것이 '방 안의 코끼리'를 밖으로 내보내는 출발점이라고 말합니다.

… 중략…

학교는 지식을 주입하는 일제식 수업을 비판하면서도 변화의 출발선에 서지 못합니다. 미래 인재가 가는 길을 '학교의 코끼리'가 막고 있습니다. '학교의 코끼리'를 밖으로 보내기 위해 무엇을 어떻게 해야 할까요?

—『최고의 질문을 하는 사람황정혜』 중에서


나는 학교에서 근무하지만 교원은 아니고 선생님이라 불리지만 교사는 아닌 교육공무직 전담 사서이다. 전담 사서가 젓는 노는 방향도 방법도 알 것 없이 대충 손에 들고만 있으면 되는 게 아닐까? 불편한 코끼리와 다시 한 번 정면으로 마주하던 날, 나는 온종일 일손을 놓았다. 모두가 알고 있지만 아무도 보이지 않는 척하는 거대한 '도서관의 코끼리' 앞에서 나도 안 보이는 척 눈 감았다. 나는 노력이 무용한 일개 직장인일 뿐이지 않은가. 다만 세상의 모든 조직 안에 버티고 있는 '방 안의 코끼리'들이 사라지는 후련한 어느 날을 마음속으로 몰래몰래 상상했다.

# 호경기의 열매는 불경기 때 결정된다

경기는 늘 호황과 불황을 오가며 뉴스를 만든다. 불경기인 요즘은 고금리로 가계 경기가 위축되고 기업들은 투자를 망설인다. 정부는 예산 삭감의 칼을 빼 들었다. 하지만 불경기라고 모두 같은 선택을 하는 것은 아니다. 한국 대표 기업 삼성의 성공 공식은 유명하다. 업황이 좋지 않을 때 더 과감하게 연구비를 늘리고 설비투자를 확대한다. 그렇게 준비해서 경기가 살아나는 시점에 치킨게임으로 경쟁자들을 몰아내고 폭풍 성장을 이뤄내며 타 기업과 큰 격차를 벌리고 성장해 왔다.

김범수 대표가 카카오 톡을 본격적으로 개발하기 시작한 시점도 금융위기의 여파가 채 가시지 않았던 2009년이었다. 내비게이션 앱 '김기사(현 카카오 내비)'를 만든 박종환 대표 역시 2008년 금융위기 당시에 창업을 준비했다. 불경기 다음에는 필연적으로 호경기가 온다. 이후 삼성, 카카오, 카카오 맵은 불경기를 잘 견딘 만큼 호황을 맞이했다. 불경기를 현명하게 보낸 이가 호경기의 열매를 먹을 수 있는 건 어찌 보면 당연하다.

그럼 도서관계는 어떨까? 2023년 현재 거꾸로 가고 있는 도서관 정책에 관해 이야기를 하고 싶었는데 서두가 길었다. 2022년 12월 서울시가 관내 공립, 사립, 작은 도서관 예산을 전액 삭감하며 작은 도서관 지원 사업을 전면 폐기한다고 발표했다. 사실 경기가 어려울 때마다 도서관 예산이나 인건비가 제일 먼저 삭감되는 일이야 어제오늘의 일이 아니니 놀랄 일도 아니다. 정책은 정부가 만들지만 정부를 만드는 것은 국민이다. 그러니 국민의 정서와 수준에 반하는 정책은 반발을 사기 마련이다. 초등학교 무상급식을 반대했던 오세훈 서울시장은 여론의 뭇매를 맞고 잘려나갔다. 그런데 뿌리 문화의 거점 역할을 담당하고 있는 작은 도서관들을 없앤다는 소식은 조용히 다음날 뉴스에 묻혔다. 대중들은 도서관 정책에 관심이 없다.

출판계는 독서인구가 줄어들고 있다며 곡소리를 한다. 교육계는 아이들의 문해력이 떨어지고 있다며 해법을 찾고 있다. 창의적 사고의 중요성이 강조되는 미래사회를 대비해 독서와 토론이 날로 강조되고 있다. 그러면서 시대에 역행하는 도서관 정책에는 다들 무관심하다. 정책은 돈의 움직임을 결정한다. 돈은 시대의 흐름을 주도하고, 시대의 흐름은 현상을 낳는다. 지금의 현상은 지난 정책의 결과라 할 수 있다. 그래서 지금은 정확히 독서교육의 불경기이다. 대중의 관심이 없는 곳으로 돈이 흘러들어 갈 리 만무하다. 과연 독서교육의 본거지라 할 수 있는 도서관의 예산을 감축하고 인력을 감축하면서 불경기를 보내도 괜찮을지 묻고 싶다.

아이들이 가장 가까이에서 매일 만나는 학교 도서관 상황도 좋지 않다. 2019년 제3차 학교 도서관 진흥계획이 발표되었다. 2030년까지 사서 인력을 50%까지 충원한다는 계획에 따라 조금씩 충원이 이뤄져 왔지만, 2023년 불경기를 틈타 예산 부족을 이유로 사서 교사 정원이 동결되어 버렸다. 보건 교사나 영양 교사는 학교 규모가 작든 예산이 적든 1학교 1교원 배치가 상식인데 사서 교사는 예산이 없으면 채용하지 않아도 되는 것이 현재 통용되는 상식이다. 몇 억씩 들여 요란스레 공간 혁신을 하고 카페형 도서관으로 리모델링을 하며 책을 채워놓고 있지만 정작 공간과 자료를 살아나게 할 '전문가'는 턱없이 부족하다. 멋들어진 화분에 비싼 꽃도 잔뜩 심었는데 물 줄 사람이 없는 꼴이다. 꽃이 어찌 되겠는가?

도서관 구성의 기본은 인력, 시설, 자료이다. 셋 중 어느 하나도 없어서는 안 된다. 그런데 시설과 자료에만 예산이 집중되고 있다. 기간제 인력이나 봉사자로 땜질 하듯 돌려 막기 일쑤인 자리에서 전문가의 역량이 키워질 수 없다. 인력이 너무 부족하지만 부족하다고 생각하는 사람은 별로 없다. 어느 학교는 있고, 어느 학교는 없는 사서. 독서교육의 혜택이 지극히 불평등하다. 경제 논리와 무관심에 파묻힌 도서관 정책은 불황의 늪을 지나고 있다. 피해는 고스란히 아이들의 몫이다.

# 학벌이 중요한 시대는 끝났다

"선생님 오늘은 언제 퇴근하세요?"

오늘도 마지막까지 도서관을 지키고 있는 주영이는 2년째 나와 함께 퇴근하고 있는 VVIP 이용자다. 주영이는 내가 늦게 퇴근할수록 도서관에 더 오래 있을 수 있어서 좋아한다.

"선생님 『L의 운동화김숨』 구해주실 수 있어요?"

"무슨 책인데?"

"잡지에서 소개하는 걸 봤는데 읽어보고 싶어서요. 어른 책이긴 한데… 이 책 6학년들에게 추천해 주면 좋겠어요. 6학년 때 이한열 열사에 대해서 배우잖아요~. 이한열 열사가 신었던 운동화를 복원하는 과정을 다룬 책인데 읽다 보면….'

"알았다 알았어! 구해줄게~. 그치만 다른 6학년들에게 추

271

천하기엔 무리야~."

주영이와 책 이야기를 시작하면 10분은 그냥 지나가버리기 때문에 이미 퇴근 시간을 넘긴 나는 얼른 말을 잘랐다. 주영이는 마치 자신은 6학년이 아니라는 듯이 'L의 운동화'에서 6학년 아이들에게 교과 내용과 연계해서 가르쳐 줄만한 내용을 줄줄이 읊었다. 소설을 좋아하지만 모든 분야의 책을 두루 즐기는 주영이는 서류상 6학년일 뿐 독서로 셀프 월반을 한지 오래전이다.

"친구들은 다 학원 가는데 너는 심심하지 않아?"

"안 심심해요. 교실에서 방과 후 수업 기다리는 애들하고 놀거나, 집에서 놀거나, 도서관에서 놀면 되거든요."

"집에서는 뭐 하는데?"

"책 읽어요."

"도서관에서도 책 읽잖아. 그게 노는 거야?"

"네~ 아, 가끔 그림도 그리고 음악도 들어요."

주영이는 그림 그리는 법을 알려주는 책을 보며 그림을 배웠다. 매년 주영이가 제출하는 '나만의 책 만들기' 공모전 작품의 표지 그림은 독보적이다. 물론 내용도 재미있어서 해마다 교내 독자들의 사랑을 듬뿍 받는 작가님이다. 요즘에는 다음 작품의 자료 조사를 위해 암석에 관한 책을 두루 읽고 있다.

주영이는 수업 시간에 선생님이 손을 빌려야 하는 순간에 부탁을 하면 마치 보조 교사처럼 척하니 적절한 도움을 보탠다. 그러면서도 평소에는 자신의 지식을 뽐내는 법이 없다.

주영이는 재주가 너무 많아서 들어가고 싶은 동아리가 줄을 서있는 덕분에 아쉽게도 도서부에 들어온 적이 한 번도 없다.

주영이는 자신이 무엇을 원하는지 정확하게 아는 아이다. 하고 싶고, 되고 싶은 것을 향해 책과 함께 걷는 법을 일찍이 터득했다. 주영이의 꿈은 영화감독이라고 한다. 나는 주영이가 당연히 영화감독이 될 것이라고 확신한다. 유명해지더라도 글빛누리도서관에서 나와 함께 책 읽었던 시간을 잊지 않기로 미리 약속했다.


유발하라리의 『21세기를 위한 21가지 제언』에 따르면 정보기술과 생명기술 혁명이라는 쌍두마차가 끌어당기는 변화의 속도는 실로 어마어마하다. 기술적 파괴와 생태학적 붕괴가 합쳐져서 젊은 세대의 삶은 현상유지만 해도 다행일지 모른다고까지 말한다. 심지어 기술 혁명은 조만간 수십억 인간을 고용시장에서 몰아내고, 막대한 규모의 무용계급을 만들어낼지 모르며 대부분의 중요한 결정은 알고리즘이 대신해 줄 것이라고 주장한다. 그 조만간은 2050년. 그리 먼 미래라고 할 수 없다.

2050년이면 주영이 같은 학령기의 아이들이 사회생활을 할 때쯤이다. 우리 아이들은 도저히 예측하기 어렵고, 지금보다 더 빠르게 변하는 세상을 살아내야 한다. 그런 아이들에게 필요한 배움은 지금의 어른들이 배웠던 것과 같은 것일 리가 없다. 이를테면 '국.수.사.과' 성적 같은 것 말이다. 그렇다면 아이들에게 필요한 배움은 무엇일까?『최재천의 공부』에서 '사회의 고통은 과목별로 오지 않는데 아직도 교실에서는 20세기 방식으로 과목별로 가르친다'는 말이 무척 인상적이었다. 교실과 학년의 경계를 벗어난 주영이는 도서관에서 모든 분야의 책을 섭렵하며 과목을 뛰어넘는 융합적 공부를 스스로 하고 있는 셈이다.

최근 메가스터디 대표 손주은 회장이 인터뷰한 〈아직도 대치동? 학벌이 중요한 시대는 끝났다. 자녀교육에 돈 쓰지 마라〉라는 제목의 영상이 73만 뷰나 조회되었다. 손주은 회장은 사교육으로 자녀의 미래 준비를 위임하는 방법은 부모가 해 줄 수 있는 제일 간단한 방법이라고 주장했다. 자신의 사업을 폄하하면서까지 사교육 몰빵 현상을 염려한 것이다.

부족한 살림에 쪼들려가며 마련한 돈을 사교육비로 쓰고 있다면 이러한 표현에 쉽게 동의하기 어려울 수 있다. 하지만 우리가 인정하든 하지 않든 사교육으로 미래를 준비하는 시대는 끝나가고 있다. 그래도 인정받는 인 서울, 그나마 취업 잘 되는 의과대에 가기 위한 경쟁이 현재도 치열하지만 그것도 10년 정도밖에 남지 않았다. 현재 출생률을 확인해 보면 초등학교 3학년 학생들이 대학에 진학할 때가 되면 서울권 대학조차 정원 미달이 예상되는 상황이다. 그리고 대학에 입학하기 위한 목적으로 갈고닦은 학습은 사실 아이들이 살아갈 세상에서 유용하지 않을 확률이 높다. 과연 우리는 아이들에게 무엇을 가르쳐야 할까?

메가스터디 손주은 회장은 부모가 아이의 자존감을 키우기 위해 대화를 나누고 좀 더 상위의 사유를 경험할 수 있도록 시간을 투자해야 한다고 주장한다. 그 과정 속에서 아이가 스스로 해답을 찾게 된다는 것이다. 물론 학원 셔틀보다 훨씬 번거롭고 부모가 함께 성장해 나가야 한다는 어려움이 있다. 맞다. 바빠 죽겠는데 대화와 성장이라니! 학원비 카드 결제가 훨씬 간편하긴 하다. 철학적 사유를 하고, 고차원적 사고를 끌어내고, 자기 효능감을 자극하며 자존감을 키우고…. 이 모든 것을 한방에 해결할 수 있는 가장 가성비 좋은 방법이 하나 있긴 하다. '함께 읽기와 이야기 나누기'. 겸해서 '쓰기'까지 한다면 금상첨화다.

올해도 어김없이 한글날을 기념하는 책 만들기 공모전을 시작했다. 도서부의 재주꾼들이 꼬마 작가들을 불러들일만한 멋진 포스터를 만드는 것으로 행사가 시작된다. 처음에는 상품에 눈이 멀어 창작의 고통 속에 발을 들이지만 고민하는 과정에서 아이들은 끝없이 질문하고 상상하며 즐긴다.

"아… 무슨 내용을 쓰지? 선생님 그림만 그리면 안 돼요? 몇 장 정도 써야 하나요? 내가 좋아하는 햄버거에 대한 사전을 만들어도 되나요? 주인공이 좀비여도 괜찮나요? 다이어트에 성공한 야채 주인공 어때요? 저장 기간이 제일 긴 채소는 뭘까요? 이 책이랑 비슷하게 써도 되나요? 깡패가 주인공으로 나오는 책으로 좀 참고할 책이 있을까요? 고래에 관한 책 좀 찾아주세요."

꼬마 작가님들의 질문에 일일이 응대하다 보면 도서관이 마비될 지경이다.

아이들은 원고를 준비하고, 책에 옮겨 적는 시간 동안 마음껏 상상의 나래를 펼친다. 도서관을 휘저으며 자료를 조사하고, 친구들과 아이디어를 나눈다. 그림을 그렸다 구겨 버리기를 반복하며 창작의 고통을 즐긴다. 서로 글을 바꿔 보면서 낄낄거리다 해가 저문다. 고작 몇 페이지짜리 책 하나 만드는 일이지만 아이들 안에서 과목의 경계 없는 자기주도적 배움이 일어난다. 그렇게 입 무겁던 고학년들도 멋진 작품을 위해 다양한 질문을 쏟아낸다. 해답을 찾아가는 과정 속에서 성취감을 경험한 아이들이 다음 해에 또 기꺼이 참여하러 온다. 작품을 만들고, 전시하고, 상품을 받는 한 달여간의 기간 동안 아이들은 훌쩍 성장한다.

20년 가까이 독서 모임을 하고 있는 친한 영어 선생님이 내게 한 말이 있다. 자신이 만약 육아 시기에 독서 모임을 병행하지 않았다면 아이를 분명히 망쳤을 것이라고. 더 많은 잔소리와 높은 기대치에 따른 비난을 멈출 수 없었을 것이라고. 모임을 통해 다양한 책을 읽으며 생각을 공유하고 다듬으며 세상을 이해하는 눈을 키우고 주변을 이해하는 마음을 내었던 덕분에 두 아이가 건강하게 자라 제 몫을 하는 성인이 되었다고 자신 있게 말한 적이 있다. 나는 이 의견에 격하게 동의하는 바이다.

아이들이 살아갈 미래를 정확히 예측하거나 교육의 한계에 대한 질문에 정답을 제시할 수 있는 사람은 없다. 다만 고민해 볼 뿐이다. 혹시 함께 고민해 볼 마음이 생겼다면 내일은 동네 서점이나 도서관에 들러 지역 독서 모임을 알아보는 것으로 고민을 시작해 보면 어떨까? 아, 온라인 모임도 다양하다!

밀레니얼의 학습에서 가장 중요한 역량은 유발 하라리가 말하는 '큰 그림을 그리는 능력'이며, 그림을 그리는 역량의 핵심은 그리고 싶은 그림의 종자, 핵심 개념과 관점을 확보하고 그를 중심으로 주변을 재구성하는 역량이다. 이것은 다차원 그물망 구조로 지식과 정보를 다룰 줄 아는 포노사피엔스 학습법에 가장 적합한 사고방식이다. 유발하라리는 '디지털 네트워크 지식과 정보 환경에서 학교가 가장 하지 말아야 할 일은 더 많은 정보를 주입하는 일'이라고 하면서 '학교가 포노사피엔스들에게 해야 하는 가장 중요한 일은 지식과 정보를 제대로 이해하고, 경중을 가릴 줄 알며, 다양한 지식과 정보를 자신의 문제의식에 따라 자신의 세상에 관한 큰 그림을 그려내는 역량을 키우는 일'이라고 강조한다.

—『포노사피엔스 학교의 탄생최승복』 중에서

# 낭만 사서의 꿈

"좋은 책도 이렇게 많고 조용하니 사서 샘은 참 좋겠어요 ~ 나도 사서가 꿈이었는데…."

넓은 독채를 누리며 독서하는 고상한 사서를 꿈꾸는 분을 매년 한 명씩은 만난다. 다른 도서관은 잘 모르겠지만 사실 초등학교 사서는 출근하면 퇴근할 때까지 프로 산만러다. 쉬는 시간엔 쉬는 시간이라고, 수업 시간엔 수업 시간이라고, 점심시간엔 점심시간이라고 오는 아이들로 도서관은 늘 붐빈다. 방과 후엔 나와 함께 퇴근 시간까지 도서관을 이용하는 우수 이용자들까지. 도서관에서 조용히 독서를 즐기는 낭만은 진짜 꿈에서나 꿈 꿀 일이다.

도서관에 들어오는 아이, 나가는 아이 인사를 하다가, 대출/반납 바코드를 찍다가, 내부 메신저로 날아오는 담임선생님들의 문의에 답을 하다가, 급한 상호대차 도서를 신청하다가, 학부모 도서 도우미의 질문에 대답하며 눈치껏 담소를 나누다가, 엉망이 된 서가를 매만지다가, 쌓인 먼지에 놀라 청소를 하다가, 깜빡했던 내일 '학부모 책 읽어주는 봉사' 안내 문자를 발송하다가 퇴근 시간을 알리는 알람에 정신을 차려 보면 마무리 안 된 일들이 널브러져서 내 손길을 기다리고 있는 날이 수두룩하다. 멀티플레이가 안 되는 나는 업무 스위치를 껐다, 켰다, 이거 했다, 저거 했다, 그러다 깜빡깜빡, 휴대폰을 자꾸 화장실에 두고 오는 프로 산만러가 되었다.

어수선한 학기 초에는 학생들의 도서관 방문이 어렵기 때문에 희망하는 학급에 한 해 학급 문고로 활용할 수 있도록 학생 수만큼 각 교실에 책을 배달해 준다. 보통 13~14반 정도 신청이 들어온다. 25권씩 14세트, 총 350권의 책을 골고루 골라 대출 바코드를 찍고 있으면 머리가 멍해진다. 본격적으로 수업이 진행되면 프로젝트 주제 관련 도서를 추려 각 교실에 넣어주느라 손이 바빠진다.

가끔은 수업 방식에 따라 똑같은 책이 여러 권 필요한 경우도 있는데 이럴 땐 '상호대차' 서비스를 신청해서 인근 공공도서관의 책을 택배로 신청하고 택배로 돌려주는 방식으로 문제를 해결한다. 학년에 따라서는 온책 연계활동으로 아동극을 소개해 달라거나, 작가와의 만남을 주선해 달라는 요청이 들어오기도 한다. 그러면 예산을 품의하고, 작가를 섭외하는 등

더욱 분주해진다.

이렇게 짬 없는 사서에게 교내 메신저는 정말 유용한 수단이다. 새 책이 들어오면 신간 소식을 알리며 새 책 냄새 맡으러 오시라고, 계절 바뀔 때마다 새 시집이나 잡지가 들어오면 수업에 활용하시라고 한 번씩 홍보용 메신저를 날린다. 새 학기에는 올해의 신간 추천도서 목록을 뿌리고, 방학을 앞두고는 한 학기 동안 아이들이 대출한 책의 목록 파일과 연체자 목록을 전달하며 교실에서의 독서지도를 독려하기도 한다. 모든 업무들은 한 번에 한 가지씩 진행되지 않고 늘 동시다발적으로 치고 빠지며 내 정신도 쏙 빼내간다.

2학기가 마무리되고 있다. 1학년 6반에 나이 지긋한 담임선생님이 아이들을 데리고 2학기 마지막 도서관 방문을 오셨다. 아이들은 익숙하게 지난주 빌려 간 책을 반납하고 자신이 좋아하는 책을 골라 편한 자리를 찾아 앉았다. 삼삼오오 모여 서로에게 그림책을 읽어주기도 하고, 각자 발견한 신간을 자랑하거나 지난번에 읽은 책을 친구에게 소개하는 소리가 두런두런 도서관을 채웠다. 지난봄에 "이 책 집에 가져가도 돼요?"라며 뚱한 얼굴로 질문하던 녀석들이 어느새 도서관을 의젓하게 즐기는 모습이 기특했다. 일 년 동안 아이들과 도서관을 꾸준히 방문해 주신 담임선생님께 감사의 인사를 드렸다.

"아닙니다. 제가 감사해요. 사서가 관리하는 도서관은 여기서 처음 이용해 봤는데 사서 선생님 덕분에 아이들 독서교육이 정말 수월했어요."

지난 학교에서는 도서관이 아예 닫혀 있었고, 그래서 본인이 도서관을 담임 업무와 겸해서 관리했었지만 과중한 업무에 밀려 대출/반납조차 쉽지 않았다고 고백하셨다. 반면에 이곳에서는 늘 도서관에 오라고 꼬드기는 사서 선생님과 잘 정돈된 서가 덕분에 도서관을 편히 드나들 수 있었다며 아이들에게 단체로 감사의 인사를 시키고 가셨다. 나는 상이라도 받은 것처럼 주책없이 활짝 웃었다. 상으로 치면 아마 단체상쯤되겠다 상상하며. 도서부와 학부모 봉사자, 교무 행정원, 담임 선생님 등 학교 공동체 모두가 십시일반 품을 보태어 함께 일궈온 도서관이니 말이다.

1학년 6반 담임선생님은 내년에 다른 학교로 전근을 가신다. 그곳 역시 사서가 없는 학교라며 아쉬워하셨다. 사서가 없는 학교는 보통 국어교사나 교무 행정원 등에게 도서관 관리 업무를 겸해서 맡기고 학부모님들의 대출/반납 봉사로 운영되기 일쑤이다. 과중한 업무를 떠안는 담당자도, 전문가의 서비스를 받지 못하는 학생들도 모두 안타깝다. 모든 학교 도서관에 사서가 존재하기를 꿈꾸는 것도 터무니없는 낭만일까?

# 마무리는 언제나 새로운 시작

‘읽어야 할 책들을 잘 안내하는 체계가 우리나라 교육
에도 있으면 좋겠습니다. 우리는 너무 교과서 중심입니다.’

—『최재천의 공부』 중에서

이 문구를 읽는 순간 독서와 도서관에 관한 전지적 사서
시점의 책을 써야겠다고 결심했었다. 우리나라에도 ‘독서’라
는 것을 계획하고 안내하는 ‘사서’라는 사람이 학교 도서관에
있다는 걸 말하고 싶었다. 독서 최전방의 보초병이라 할 수 있
는 사서들이 다양한 목소리를 내야 한다는 생각으로 용기를
내어 집필을 시작했다.

내 글이 학교 도서관 운영에 관한 정답은 아니다. 하지만
세상에는 정답이 정해진 일 보다 정답이 없는 일이 훨씬 더 많

지 않은가? 사서의 업무 또한 그러하다. 그런데 우리는 학교에서 정답을 찾는 법만 배웠다. 배운 적 없는 해답은 각자 알아서 구해야 한다. 그래서 우리는 남의 이야기를 듣고, 책을 파고든다. 이 책도 독자의 해석을 통과해 각자의 질문에 해답으로 가닿았기를 바란다.

나는 이 책에 숙련된 전문가의 뻔한 이론보다 오래도록 간직하고 싶은 사서의 초심을 담았다. 이용자들이 내게 반복해서 건네던 질문들을 떠올리며 그간의 경험과 성찰을 끌어모았지만, 사실 도서관이라는 광활한 우주의 한 귀퉁이에 있는 초등학교 도서관의 일부분을 아주 조금 보여드릴 수 있었을 뿐이다. 그러니 귀퉁이 구경을 마치셨다면 이제 본격적으로 당신만의 우주를 직접 찾아 나서기를 응원한다. 도서관이라는 드넓은 우주의 입구에는 언제나 사서라는 이름으로 여러분의 여행을 도와줄 나의 동료들이 기다리고 있을 것이다.

느닷없는 끄적임으로부터 글쓰기를 시작했다. 끄적임이 글이 되고 글이 책이 되기까지 긴긴밤을 지질했다. 키보드와의 전투에서 패할 때마다 한없이 쪼그라드는 엄마에게 기꺼이 듬직한 어깨를 내어주던 두 아들에게 사랑과 감사를 전한다.

2024. 2. 29
느닷 김규미